逆时 花开

于燕青 著

于燕青
散文
自选精华

中国华侨出版社

自序

写作，一个路盲所走过的路

在创作上，我不知道我是属于哪类人。我不知道我是属于走运的那类还是不走运的那类。若说不走运，我毕竟发表了一些作品。若说走运，发表的这些作品怎么就像打了水漂，没能激起一星半点的水花，涟漪也没有的。恩师艾云还在《作品》当副主编时，出差到我这里，她纳闷，说《作品》也算不差的刊物，说我在上面连发三篇，还得了奖，换作别人早冒出来了，可我在本省竟如此默默无闻。那一刻我觉得自己太不争气了，觉得我是个扶不起的阿斗，不给人长脸的，像在见证那些从自由来稿中发表我文章的恩师们没眼光，看走眼了。看来，不能激起一星半点的水花，已经不仅仅是个人的名利问题了。

逆时 花开

最不应该的是，我这个年纪的人却让自己错过八九十年代的文学好时光。说起来，我一直没有找准人生的方向，我不仅是现实生活里的路盲，创作之路上同样是路盲。早年我的兴趣太广，跳舞、绘画、服装，等等，我的心太花太不安定，必定要迷失方向，一个迷失方向的人免不了要走许多弯路和错路，耗去许多时间与精力。单单全国公共英语等级考试就耗费了我太多的精力。想想我都这个年龄了，每年外语学院要毕业多少年轻人？我还去蹚这浑水干吗？最后还忘得精光。这一切太像是谎花了，谎花就是南瓜、丝瓜、黄瓜常出现的那种不结果的花。写作对于我，就像是一朵藏匿于众多谎花中的实花。等到该谢的谎花谢了，该结果的花结了，尘埃落定、乾坤朗朗，便抱怨起那些个谎花原来只是来骗骗人，空耗去那么多肥料。最后我的园子只剩一枚果了，一枚长不大的果，闽南话说是"结丁"的果。我的写作就是结丁的果。而我的肥料已剩无几。这真是悲哀。我甚至痛恨我在学生时代学的那些数学、几何、物理、化学，等等，对我有什么用？我想，那完全可以作为常识，浅尝而止，它们在很长时间里搅乱了我有限的脑袋。

我的心太花太不安定，多是因为我看不起我的这份写作天赋。觉得很多营生都比当作家强，于是我东一榔头、西一棒槌，折腾了这么多年，都只是有心栽花花不发。2005年我在私企，在一家新开的药品批发企业担任质管部负责人，领这家企业最高的工资，已过不惑之年的我，忽然就觉得我最该做的是写作，因为那工作忙、责任大，十二根神经都被捆绑在那里，于是就想辞职去写作。老板不愿意我走，最后还是我摔了一跤，才成全了我的愿望。这一跤把我赚的那些工资都赔进去了，也许本来就不该我得，终归逃不过宿命。后来，我连续又跌了几跤，那些漫长的疼痛时光已令我身心疲惫，对写作的兴趣也降到谷底。我只想着能康复就好，健康太重要了，别的都是身外之物。可是等到康复了，我又不满足了。就好像盖房子，都知道打地基太重要了，但你不能只打好地基就停住，你还得往上盖房子。

弯路、错路、灰心丧气使我又像是《出埃及记》的以色列民，从埃及到迦南地竟然走了40年，在旷野流浪了40年。后来看了歌德在《歌德谈话录》中说到，他40岁那年在意大利时才认识到自己没有造型方面的才能，说他原先在这方面的志向是错误的。这让我很吃惊，原来这么伟大的文学家也有误入歧途的经历。我似乎为自己找到一点安慰。

即使回归写作之路，我也常常是一个路盲。我的《十九病区》和《克拉克瓷》先后发表在《福建文学》期刊上，得到许多认识和不认识的文友的鼓励，其中赖妙宽老师短信的肯定和鼓励给我很大信心："你是有才气的，也是努力的，只是以前没找准方向。要是能摒弃世俗的诱惑，听从内心的呼唤，坚持下去，做文做人都会非常自由快乐……"是的，一个写作者就必须摒弃世俗的诱惑，

听从内心的呼唤，坚持下去！

一直没有出书机会，于是手头积攒下不少的稿，此书是我最珍惜的散文篇章，敝帚自珍吧。此书许多篇目发表于《散文》、《散文选刊》、《北京文学》、《在场》、《作品》、《广州文艺》、《散文百家》、《福建文学》、《雨花》等期刊，有篇目选登《黄河文学》"中国当代知名散文家新作展"，有篇目入选《散文选刊》、王剑冰主编的《中国精短美文精选》、红孩主编的《中国散文100篇》年选本、杨献平主编的《散文中国精选》等选本。

生命无常，因了无常之痛与有常之苦，我们才恐惧，我们才需要爱与慰藉、才需要从容的心态。别人的经历、别人的苦难、别人的感悟能给同感的人以慰藉、力量与从容。愿世间的烦恼、辛苦与无奈在这些清水般的文字里得到荡涤，愿阅读带给你悦读之乐。

最后，在此感谢所有读我文字的读者，感谢在写作上扶持过我的恩师，感谢为这本书的出版付出辛劳的人！

于燕青

目 录

第一辑　尘世蓝本

003　纸上的房子
022　十九病区
038　汽车与牙齿
043　克拉克瓷
054　被空出来的

目　录

第二辑　轻度女权

071　口红

076　半截牡丹

089　身体的隐秘之姿

105　我要去的是哪里

114　大麦裤

第三辑　医院观止

119　黑白黄蓝

130　随手书简

141　中医院

151　红色的血，血色的红

162　那些无处不在的恐惧

目 录

第四辑 纯棉时光

175　称谓是一部时间简史
185　内心的前方
194　漳州港的几个关键词
204　一个人的公园

第五辑 绝版情怀

213　一些植物
221　回乡偶记
233　石，与石居者
245　不平凡的水果
252　这一边，另一边

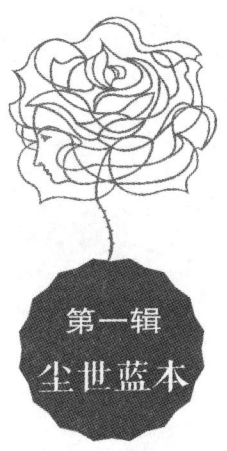

第一辑

尘世蓝本

纸上的房子

1

我从未想过要卖房。此前我以为我会在这里一直住下去,直至过完我的下半辈子。

我的膝关节受过伤,爬6楼吃力。母亲唠叨,让我换一套电梯房。但我觉得我的腿越来越好,且带电梯的新楼也越涨越高,所以我固执地不愿改变现状。何况卖房买房租房是大工程大麻烦,我怕。与我同龄已当了奶奶的某人,每天抱孙子爬6楼,好好的膝关节就坏了。我看见这"毁坏"的大势力更可怕,但我依然没有痛下决心。一日,闲来无事,心想就去看看新楼盘吧,不买也无妨,这一见却难抵诱惑,于是匆匆决定卖房。

写售房广告不比写散文,陌生如隔山,"结构合理、三面采光、超大阳台、豪华客厅……"这极尽溢美之词,是据自家实情,参考多家房产网写成的。写到"沃尔玛、艾美商圈近在咫尺",觉出文学的夸张,都脸红心跳了,这所谓的近在咫尺让我走到腿抽筋,可那也是有参照的,与我们并排的那幢新楼盘的大幅广告就是这

么写的。查考几处售楼部,像是约定俗成,反正法律书上又没有关于"近在咫尺"的距离规定。事实证明,后来的实地看房者没人提出异议。

我刚把售房广告发网上,就接到海燕的电话,海燕是一家房产中介的掌门人。我不知道怎么就蹦出中介来,我明明写着"谢绝中介"的。她说谢绝中介那不可能,手续烦琐,你们自己做不来。还说没有中介的双方往往互相扯皮,最后泡汤。我迅速想起刚卖了房的老张,本想从老张那里打探一些情况,却是一问三不知,说全包给了中介。我正犹豫不知所措,海燕却斩钉截铁地说:"见面谈!"就挂了电话。我电话刚放下她就到了家门口,和她的名字"海燕"一样,像是飞过来的,身后还跟了个60岁上下的老头。她环顾我的客厅,身子夸张地旋转了一下,绿色的短裙像一张铺开的荷叶,荷叶之上的部分已不能喻为荷花了,她应该有40岁了,过了被称为花的年龄,尽管她的嘴唇涂得红艳。她引着老头从客厅到主卧、副卧、书房、厨房、洗手间、阳台一一看去。"原木的……很通风……露台很大……多好的房子,你买下就可拎包入住……"她边看边向老头介绍,她这样赞美我的房,我都感动了。"拎包入住"是形容设施齐全二手房的专用词,可对一个老头说拎包入住有点滑稽。那老头果真有点滑稽相,表情像在偷笑。

网络真是快捷,我又接到两个房产中介的电话,态度都很好,都问是不是我自己的房,说害怕假房源。我被搞蒙了,要不是真的,我费这么大劲我吃饱撑的?又问,是不是首套,是不是满五年。我都一一肯定地回答了。那时我还不知道首套与满五年意味着什么,这能为我省下5到7万元(那时还没有20%之说)。又问什么时间可实地看房。与海燕相比,他们是老牛拉破车。我纳闷怎么会有这么多房产中介,我先前没注意过这个行当。海燕看我接了别家中介的电话,就说她也住这小区,说这个小区的房子都是她卖出去的。言下之意,她对这里最熟悉最有经验委托她也最合适。可我在这里住了十来年怎没见过她?这个小区总共也就5栋7到8层的楼房。总之她对我来说是一个谜。

2

其实发售房广告之前,我已订下一套新房,并付了定金。我是吸取同学阿敏的教训。房价有所跌的前几年,阿敏以为还会跌,便把房卖了,等着房价下跌后再买,赚取差价。阿敏以为胜券在握。可房价一路飙升如脱缰的野马,直至她连半套房的钱也不够了。在这个博弈场,她是偷鸡(投机)不成反蚀把米。她至今还感叹那句流行的"信牛刀,住牛棚;信志强,住洋房"。任志强对楼市一路走高的预言总是对的。好在阿敏有多套房。我就这一套房,是一家人安身立命之处。

买房的学问也不少。容积率、绿化率、得房率、公摊、塔楼、板楼、小高层等等术语,把我的脑袋搅成糨糊,也让我忽然与这个热烈的时代亲密起来。我的手机每天都能接到新楼盘的广告,

我不知道一个被排在"三线弱"的城市怎么一下子冒出那么多楼盘。一边是天天喊房价高买不起的人,一边是踊跃买房好一派繁荣景象。

一大型城市综合体环境很美,地点虽偏,仍好卖,开盘不久就基本售罄。售楼小姐说还剩一套四楼的,见我们动心,她唇红齿白间吐出一句:"3天内交定金10万!"我们嘘出一口冷气,仓皇逃离。听说后面又有好楼层了,说是开发商捂盘,等涨价才拿出来。

我们又看好了D小区,灰色基调的建筑外材很大气,花园式的中庭小桥流水、绿树繁花,还有我喜爱的泳池,且是现房,交了钱就可拿钥匙装修了。因开盘已久,只剩两套,3层和18层,分别在4号楼与5号楼,3层的结构不好,18层我们不敢住,有恐高症,且贵。剩房,自然没有好房。这相邻的4号楼和5号楼价位悬殊,5号楼前后景色皆好,相比4号楼就不尽人意了,连着小区围墙,围墙外是拆迁安置房和颓败街景,没有绿化,邻着一座庙,平日里香火缭绕,久了怕要把房子熏黑。初一、十五又必是锣鼓喧天,怕要神经衰弱。有人说这一墙之隔是香港与非洲之隔。从你的房子里看到了什么很重要,视界决定价格。所以聪明的房产商都注重小区的绿化。然而运气比聪明更重要,我一同事的房子久售不出,因附近要建一化工厂,房价大降,依然脱不了手。没想后来成了香饽饽,先是确定化工厂不建了,接着,一个大超市开在附近,那条街就成了商业街,高档商店进驻,一个高档楼盘也动工了,高档小区优美的环境成了同事家的后花园,站在阳台尽收眼底。他的房价也跟着飙升，买房者接踵而来，很快脱手。

可是我这样关注景色，是否偏离了本意？显然这已超出我因腿脚不便的换房初衷，已超出有电梯的需求。可见人的欲望是"比较"而来的，从眼睛到心里的。想想人真是欲壑难填的东西，10年前告别蜗居，从40平米搬进130多平米的大房，觉得到了天堂。那个时候还没有高档小区进入我们的视野。更早的时候住宅里没有厕所没有澡堂，都是公用的。连饮用水也要到井里打。所以搬进40多平米的时候也是欢天喜地的。而此刻我以需要为名，中途被诱惑打败。

当售楼小姐测算，我才知道我现住的这套采光通风良好的大房，换不来4号楼的一套90平米的房，何况还只是坯房。如果换两房的，我就没有书房了。一贯支持我写作的儿子忽然发出反对的声音，他说我的写作代价太高，这样还不如不写。我恍然大悟，本来赚点稿费还沾沾自喜，却原来是高成本写作，一直在赔本，赔得厉害，现在有什么比空间更贵？就羡慕那些用稿费买房的作家，伍尔夫说女人写作要有一间自己的屋子，真是奢望。先生喜欢大房，说辛苦点多贷点款吧，反正还有父母的资助。我说我们还有儿子，头上还有一座大山，看多了周围为儿子买房的父母，说生儿子是建设银行，生女儿是招商银行，这话不假。恐怕要"不重生男重生女"了，恐怕重男轻女了几千年终要败给房价。

H楼盘的售楼小姐很傲，或许因为只剩两套，不愁卖。3层，

还临街，我们放弃了。但这让我们感觉恐慌，好像再不买就没有房了。倾尽一生积蓄买一套房，怎能当儿戏。换房毕竟不像换衣服那么简单。

去F楼盘，正赶上二期开盘，期房，一至两年才能交房，只能看沙盘模型，看画在纸上的户型图。这户型图看起来还不错，南北通透，布局合理，且比市区其他楼盘略便宜，定金3万元也付得起。开发商都理直气壮地打出"高贵不贵！"的大幅广告。图纸上的泳池尤其让我动心，我关节不好，游泳是最适合的运动。与先前D楼盘相比，户型更大，还便宜10万，10万元装修都够了。心里高兴捡了便宜，回家细算，等交房再等装修，这期间租金就很可观，还忽略了公摊，只注意户型好坏，无意选了公摊大的户型，26平米，等于买下一个比客厅还大的房间扔掉，郁闷，公摊，其实是隐形房价。

协议上首付款日期是一个半月后，也就是说，必须在交付订金后的一个半月内卖掉我住的房，然后付首付款，然后租房，然后等待交房装修入住。刀出鞘，弓上弦，环环相扣。开弓没有回头箭。本来是有的，那张红色的订金协议上面有一条可退款的条款。可是一星期后那漂亮的售楼小姐又招我们去改签协议。在这个陌生的领域，我们完全被人牵着鼻子走。同样是订金，"订金"和"定金"是不一样的，后面的有法律效应，若反悔，那3万元是拿不回来的。这里面水太深。签正式合同时，一张薄薄的协议单换成了一本厚厚的协议书，要当场看完看仔细似乎不容易，胡乱签了，单单签名就花去很长时间。后来发现"交房日期"往后推了整整半年。照说，这样重要的改变，售楼小姐应事前提醒，有点被偷梁换柱了的感觉。

我现住的小区叫百花园，可这里连一朵花也没有，很讽刺的。这小区虽然破败，但小区里打扫干净，就像一个有尊严的穷人，穿着打了补丁的衣服，却洗得很干净，人穷志坚地站在这里。这里有点偏，这里没有豪华的商业街区，城建的步伐还无力抵达。从我的阳台看去，目力所及之处，破旧的房屋这里一间，那里一座，无序地占据着我的视野。它们应该是70年代或80年代建筑的。在这个小城，我总是无法占据到一个好的位置。我先是住在城西，又到了城东，从这个小城日落之处到日出之地，像个自觉支援城市建设的人。近30年的时光里我甚至都觉得自己不是城里人。

房子房子，其实我早就被住房所困。我的第一个工作单位是医院，医院最是等级森严、尊卑有序的地方，最能体现这些的也是住房。记得那时医院新盖了两栋医务人员的宿舍楼——东楼与西楼，是按地理位置叫的。东楼，位置本来就好，每个单元又比西楼多出一倍的面积，有宽大的转角露台，敞亮的客厅，圆弧形朝空中突出的餐厅，在那个时候看起来就像天堂。于是东楼住的都是院长、副院长、办公室主任、科主任、护士长等医院的上层建筑。他们一下子跃进到了改善型住房。西楼，听起来多么的诗意，好像是从唐诗宋词里蹦出来的，却不是海德格尔所说的那般诗意地栖居，西楼立在东楼的身边，就像一个侏儒。西楼住的多

半是普通职工,护士与附属科室的人居多,当然也是要有资历的才能住进去,我自然连住西楼的资格也没有。本来能搬进新楼已经很好,但人总是喜欢攀比,人比人气死人。于是护士们抱怨,说护士就跟土一样,在土里在尘埃里。护士们说她们这"护士"不是士大夫的"士"是泥土的"土"。据说是一位农村妇女给了她们这灵感,农村妇女把护士的"士"读成了"土",她伸出一根指头指点着挂在门上的"护士值班室"的牌子,吃力地念着"护——土——值——班——室"。护士们一下子爆笑开来,就此拿来自嘲与调侃。医院里条件好的或长得漂亮的护士找了当官的或有钱的主,就不住这里了。住在这里的护士多半找了普通职工,比自己还差的,分不到房子的,只好住老婆的房。于是,每天太阳升起来的时候,老婆也许还在床上,这些丈夫们就被喊醒了:"哎哎还不去买菜?你又不上夜班!"丈夫们便屁颠屁颠地拎着菜篮子出来了,睡眼还惺忪着。与此同时,从东楼出来买菜的多半是女人,她们的老公都是有能耐的人,怎么能让他们提篮子呢?即使自己是护士也早被调到不用上夜班的岗位了。久而久之,人们都发现了这个所谓的菜篮子现象。于是就说,东楼是"龙在上,凤在下",西楼是"凤在上,龙在下"。那时,我这丑小鸭还住在逼仄的集体宿舍,仰望东楼就像仰望天堂,就想,如果我不能逮条高高在上腾云驾雾的龙,那我的婚姻就是失败的,我无比痛苦,我的周围没有具备住进东楼条件的人,于是感叹全是虫没有龙。如今,房子又勾起了那历历往事。

3

海燕又带客户来,依然风风火火,显然比别的中介更殷勤。看到她这般辛苦,我有些过意不去,希望能在她的手上成交,心想即使不成交,也要给点补贴。我每天都把房子打扫得一尘不染,迎接八方看客。过了一星期,看房的不少,满意的也多,但仍没有一次性付款的。贷款,据说有风险。

小林从进门就开始挑剔,从天花板一直挑剔到地板,说吊顶不科学,易纳垢藏污,说墙壁木做的颜色过时,说地缝太宽。又开水龙头查看水流量……但他表示想买,还说可以让我们返租两年,这让我有盼望。小林走后,先生把强忍的怒火爆发出来,说难以忍受,不卖给他。我说忍着点吧,他挑剔就说明他想买。我看好小林,与他的公务员身份有关,觉得牢靠。海燕又打来电话,说她曾带来的那老头要用10万元做首付,半年后补足我的余款,说这半年让我免费住,不用租金。我蒙了,让我免费住?这房子究竟是谁的?10万元就把我这房子搞定?剩下的几十万半年后要是到不了账怎么办?有这样不对等的买卖吗?我回绝了她。可她电话里不停地说,说能让我返租是千载难逢,且人家手上也有房子,亏不了我的。我说我要卖给公务员小林。她火了,她说要一碗水端平,怎么可以想卖给谁就卖给谁?她后面的这句话让我也火了,我说我的房子,我怎么不可以想卖给谁就卖给谁?她这才

软下来。

小林继续来,很有兴趣地做更深入的了解。每一个旮旯他都仔细检查,厨房墙壁上的木贴条被他掀起来了,卫生间的天花板被他顶开了,简直是在搞破坏,我咬牙忍着。过几天他又带来水电师傅来看能不能改明管。我又对自己说,看来他是真想买了,我继续忍耐。说实话还从没遇到过这样细心和耐心的男人。有一天他竟然在夜晚10点半来,说是要查看夜晚有没有汽车声。我住的不算临街,但不远处有一条国道。我差点崩溃。我对人说我一套房还没卖出就要崩溃了,真佩服那些炒房的人。人家说炒房可不是这样的,人家炒的是坯房,哪会这么累。

眼看F楼盘首付的期限逼近,还没有合适的买家,我如热锅上的蚂蚁。说二手房是楼市的脸,这话不假。专家分析这两年政策调控,炒房基本没有,难怪我遇不到一次性付款的。买的人都是刚需,大都工薪阶层,零散投资者也不可能买这三线城市的二手房。只好降低条件,只要先付全额一半的首付款就卖,再少了我们也交不起新房的首付款了。

海燕说她狠批了那个老头,她说得痛心疾首。还为我介绍另一个客户,也是肯返租的,首付25万元。我觉得海燕挺有本事,虽然未达到我要求的数额,但也离二手房行情价差不远了,又肯让我返租,也是可以考虑的,我一降再降了。但海燕攻势凌厉,把我的底价又压回5万元,开出的中介费又高,全套家具一个小件也不让我带走,后续的钱又不是贷款。步步紧逼,让我马上签协议，几乎不给我思考的机会。我觉得她没有诚意，不想跟她多纠缠，但她一直纠缠我。在她的花言巧语之下，又加上F楼盘首付的期限逼近，我快动摇了，何况小林考察了那么久还在观望，我不能再等了，就对小林下通牒，说如果他还没拿定主意，我就把房子卖给别人。小林这才急了，终于来商谈具体事宜。可我万万没想到我指望了这么久的他，也只是拿10万元做首付。我说开玩笑呀，这不行。他一下子着急起来，脸都红了，说话也结巴了，他求我给他一星期时间，他要向亲戚筹钱。一个星期很快过去了，没有小林音讯，却等来F楼盘售楼小姐催款电话，我慌了手脚，只能请求宽限。这时海燕又出现了，不只是乘人之危还有雪中送炭，她巧舌如簧，说我要是不放心，可以全权委托她来卖。我说你把我的房价压得太低了，她说："你可以到网上去查，这个小区有每平方3800，有4000出头，你已经很高了，这个小区我卖出好几套，还没卖过你这么高的。"我很吃惊，我也是经过调查的，原来以为我很低价了，我上网去查，果有3800的，但非南北朝向的，我心释然，又查出两套4000出头的，心想海燕没骗我。我按着联系电话打过去，才知道非首套，且在7楼。我们这里最高8楼，8楼可享免费大露台，所以7楼就成了最难卖的楼层。再度释然。另一套电话里说不巧，他刚卖出去，还向我介绍别的房源，这显然是中介，我想知道他是不是卖那个价位？他不告诉我。这个谜团击中了我的软肋，使我无法在海燕面前硬气起来。在海燕不依不饶的说服下，我答应了她的条件。

正准备与海燕签协议，朋友秋的一个电话像一只无形的手改变了这一切。秋说不着急，让我先买房再卖房，我说钱不够，她介绍Y楼盘，Y楼盘的开发商是秋的好朋友，答应给我最低折扣，还说首付可以宽限到我卖了房。我说F楼盘那3万定金怎么办？秋说可找关系通融。秋真是解了我的大围。在我随秋去Y楼盘的路上，我还得知了一个重要信息，就是秋多年前曾做过一段中介，我于是请教了很多问题，我说到海燕，秋问是不是嘴唇涂得红红的那个，我说正是。秋说知道了，让我提防她，黑中介一个。说海燕惯用各种伎俩把人家房子低价吃进，高价出手，或者让你填一份委托书，赚差价又赚中介费。说海燕还常带着亲戚冒充顾客，然后跟顾客砍价，说海燕有个老爸就常做她的托，我忽然想起那个总在偷笑的老头。说到虚假房源，秋说尤其那些价格很低的房源就要注意。我说为什么要发假房源。秋说这你就不懂了，这样既可借此对卖家压价，又可吸引客户，将手头上的房子卖出。我说难怪我一打电话对方就说刚卖出去。迷雾被拨开了，我的天空晴朗了。秋还告诉我，中介费可以砍价的，且可对半砍，如果你的价位低，还可免掉中介费。这让我大吃一惊，本来按规定中介费2.5%，卖家占1.5%。看来买卖二手房不仅烦琐，简直就是一门很深的学问。

很不幸，Y楼盘只剩顶楼，我站上去不敢往下看，先生的恐高症比我还厉害，说一看就要晕倒。我心想这要住下去，岂不成了谋杀亲夫的凶手？秋为我们在山穷水尽时开出的一条路又被堵死了,先前的希望成了海市蜃楼。房子卖不掉,我们就得交60%的首付。我们只剩借钱这条路了,这是我们极不愿意的,也不一定能借到钱。热心的秋眉头一皱计上心来,说:"有了,你们假离婚吧!"我愣了一下说不行,绝对不行,这不成了弄虚作假吗。秋说:"你这死脑筋呀……人家变着法都要成和珅,就你正派你雷锋。"

　　正在我们一筹莫展时,有两家中介同时为我介绍了同一客户,真是奇妙。买家是一对生了双胞胎的小夫妻,两边的母亲都要来带孩子,需要便宜的大房子。他们就把原来的蜗居卖了,手上正掐着这刚卖房的35万元,超过我想要的首付款数额。我一听喜出望外。他们和中介一起来看房,一看就满意。算了算,刚好是我攻守的底价,欣然成交,并答应搬出去不返租。余款,我要求垫款公司补上,我甘愿自己来负担这个利息。小夫妻都有稳定的工作,我不是怕他们贷不了款,而是怕贷款政策和放贷时间,这些都不是我能控制的。我不能为那半套房子提心吊胆,度日如年。看来,等待F楼盘的新房交房是命定的了。因为我住的这小区开发商生意败了已经跑路,曾有几套房被他拿去抵押,所以我们小区卖房都要登报声明,要一个月的时间。一个月,我刚好可以整理东西,可以去租房。接下来是登报,再接下来是到交易大厅买卖,其中的烦琐和人为的曲折,让人不堪其苦。

4

租房，在这个陌生的领域，我亦是撞得焦头烂额。要找一处适合的租房并非易事，本以为一个月慢慢找，可房东不答应提前这么久交定金，房东等待一个月就损失一个月的租金，我也不想多一个月的租金，可我必须等卖了房才敢租，我只是拿了定金，不知后面变数。我发现F楼盘第一期有房子招租，就决定租在那里。一是提前享受新楼盘，二是将来新房装修搬家都方便。可是，小夫妻带着中介来督查我们租房情况，见我们还没租房就下通牒，说到时一手交钱一手交货。就是说等他们交了房钱就必须拿到钥匙，我只好突击租房搬家，可F楼盘没有房源了，只剩一套卫生间是蹲位的，我关节不好蹲不下去。时间紧迫，又找不到合适的，感觉又一次走到了绝地。但我又总是幸运的，总能绝处逢生，就在我不知所措的时候，一个中介向我推荐F楼盘的出租房。我不抱希望地说我看过，只剩卫生间蹲位的。他说："那我给你改坐便的行吗？"我喜出望外，说当然行。虽然是一套隔成两套，两户租客共用一个入户花园，但能住进F楼盘，已是如愿以偿了。

10年没挪窝的老巢，东西竟那么多，搬家公司搬了两车还没搬完。夜以继日地忙了一个星期，才整出头绪，身体总算安顿下来了，可是心却无处安放了，在网上看到某小区业主因开发商资金链断了而逃跑，期房成烂尾楼。我又恐惧起来，后悔不该把卖房款全交首付，原本是想省一些贷款利息的，看起来失算。据说开发商盖完一栋楼盘就必须再盖一栋新楼盘，说是运行模式导致，这样铺得太大又影响资金链，真是个怪圈。这用几十万，用我们一生心血换来的这画在纸上的房子，这纸上的房子让我们毅然决然地卖掉现实里真砖真瓦的房子，这纸上的房子已经折腾得我们掉了一层皮，这纸上的房子是未来、是许诺、是希望，也是恐惧。我忽然悟出，我这样辛苦就是因为我只有一套房，倘若经济允许，我倒是想再要一套房，一套不须多大的房子，在我需要换房的时候，我就可以卖掉一套。可是当必需品成了奢侈品，我们就要付出高昂的生命成本。

现在，我们除了这张户型图，一无所有。我用纸上的房子为自己画饼充饥，现在我只能在这纸上的房子里设计生活，这里开一扇窗，哦，那里摆放一张床、一台电脑桌、一盆花……

5

命运是由一连串突发的、意外的事件决定的，它切断你过去的生活。也就是我们所说的无常，我们从未想到会住到这里。早晨醒来，意识要比身体慢一拍，总要愣怔一下，哦，我不是在百花园了。很快，这种新鲜感就被孤独替代。这里我们不认识任何人，正对面的两幢楼房还未交房，到了晚上一片漆黑，安静得让人恐怖。我就盼着户主们早日入住，把我从孤寂中打捞出来。

　　隔出来的那一小间也出租了，租客是个女孩，穿着暴露。常有纹身、染发的男人来，浪笑、对骂、啤酒瓶敲击桌子的声音。我躲进最里间，把自己裹进更深的孤独。好在她只住了一个多月就搬走了。很快中介又带来一个小伙子，看上去很正派的穿戴，我心里暗喜，我对小伙子笑脸相迎，小伙子却把头扭开了。接着，每天下半夜都听见小伙子回来，两道门被重重地开启和关上，然后是没完没了地打电话，声音很大。我们都被吵得不能睡。先生找那小伙子说了，小伙子答应他以后关门会注意。果然，接下来，我们没有听到关门声，我以为是先生的说教有效果。可是一连几天，连小伙子面也看不到了，接着中介来换钥匙了，说是那人被公安抓走了，说是聚众吸毒。网上看过吸食毒品浴盐的人，攻击力无比强大，越想越后怕。我不能理解那些赞赏国外一辈子租房的人，不仅是安全问题，还有经济的因素，网上流传的段子很能说明的：一哥们儿2005年包个二奶，买了一套房子给她住，每个月还给她5000元零花钱。买房子花了40万左右。今年跟二奶分开了，他把房子卖了，得钱120万。最后还赚了40万。原来包二奶也是一种投资。后来被他老婆知道了，他老婆狂批他："为什么只包一个？"其实为房子所困又何止我这样的俗人，大文豪杜甫、苏轼全都为房屋所困，杜甫的《茅屋为秋风所破歌》开篇就写"八月秋高风怒号，卷我屋上三重茅"，真是其情堪怜，苏轼的《迁居》"前年家水东……去年家水西……东西两无择"，那种居无定所的颠沛流离亦是跃然纸上。获了诺奖的莫言最大的愿望是在京城买套大房子，可粗粗一算便知，也买不了多大的房子。

6

正对面的两幢楼交房了。可是很久不见人装修，起初以为是年关忙，可是年关过了，十五也过了，一晃3个月又过去，依然没有动静。白天不见人，晚上不亮灯。很让我不解，我巴不得今天盖好明天就去装修。我不知道那时鬼城、鬼楼盘已开始蔓延，据说入住率不到20%的都算鬼楼盘。倒是我暂住的这栋楼装修火热，我生活在钢铁、电光的喧嚣里，烟尘的雾霾里。每一天都是被装修工敲醒的，那悠长的铁器、玻璃、砖石的撞击声就黏在了我的耳朵里，尖锐的电钻切割声像是一直往高里爬去，抵达陡峭处，又一下子跌落下来，很是折磨人的神经，大锤就像是敲在了头上，一下一下，晕晕乎乎，又像是从脚底冒出来的。我知道这样的生活要维持很久。这一栋楼是拆迁安置房。不同于别处的小区安置房，被隔离的，一梯多户、住户密集、巷道阴暗，连建筑用材也不一样的。这里完全和商品房一样。据说他们手上有四五套房子的不在少数，这是城市化进程的产物，三十年河东，三十年河西。他们穿戴比城里人还洋气，他们仰首挺胸，看不出多少农民的印记。但我住在这里还是愉快的，因为我的房东和邻居很和善。

我看见一个穿戴体面的小伙把空豆浆杯随手扔在地上，而垃

圾桶只一步之遥。"不随地吐痰"被写入电梯的"温馨提示"却不奏效。一日，电梯里写满了"吐痰者死全家！"吐痰的现象大大减少。是诅咒起作用了。还是有不怕的，清扫工惊讶地对我说她亲眼见一吐痰者，说是一穿戴光鲜的美女，说若非亲眼所见，不敢信那样的人会吐痰。是的，我们只相信美女吐气如兰。看来，要完成村民向市民的身份转换，是一个艰巨而漫长的过程。一天，楼下巨响，火光冲天，我吓坏了，以为是什么爆炸了，以为好不容易开始的新生活就要被毁掉了，正当我想着怎么逃生，忽然又锣鼓喧天，原来是他们在搞祭拜活动。市区很多年不能放鞭炮，很多年没有被吓到。好在是暂住，可是谁又能永住？我们都只不过是这世界的过客。我们过于关心肉体之身的住处，灵魂却无处安放，是的我们已经顾不上天上的房子了，我们只看地上的房子就累得灵魂出窍，不，纸上的房子，还没来得及落实到地上。当然，房子对某些人来说轻松得多，比如房叔、房嫂、房姐、房媳们，可他们亦是累的，因为欲望像刹不住的车，他们忙着囤积房子。

　　Q也囤积房，Q这样做源于一种不安全感。Q很大年纪才生孩子，怕将来不能靠工作养活孩子，想靠房子养孩子。房子就是Q的未来。我对这种想法不以为然，因为人不能算得那么远，曾经80年代靠10万元存款就可以不上班，可以靠利息活得很滋润。可是没有两年就开始减息，以致靠10万元存款利息生活成了痴人说梦。

7

还是把话题拉回来。总之我们就这样开始了痛苦的房奴生活，双重的房奴——房租和房贷。看来，生活的改善就是一项重大改革，美好生活没有不付出代价的。想到这里也就坦然了许多，也就能从容面对了。偶尔还会有中介打来电话，询问我已卖掉了的那套房。这天，又有电话询问，我说卖掉了。对方沉默了片刻，忽然激动地说："你们这些人，搞假房源有意思吗？"

十九病区

1

我们被堵在电梯门外已经很久,让躺在担架床上的和坐在轮椅上的病人先行。两间电梯不停地张嘴、闭嘴,吞吐着匆忙而喧嚣的人群,依然赶不上趟。还有一间电梯闲置着,门边的牌子上写着大红的"贵宾通道",显然我们这些人都不够贵宾的资格。于是就寻思着什么样的人属于这儿的贵宾?在这个时代,最难和最容易的都是当"贵宾",我这样窘滥的小文丐袋子里也装着一沓贵宾卡,一张是书店花20元钱办理的,一张是年前一家"参行"开张花5元钱办理的,还有3张没有花钱,一张是修理摩托车店送的,说是老顾客不用花钱,一张是一家服装店的,还有一张是街头推销化妆品的美眉送的,当然她也送给所有愿意接收的人,我当时害怕"螳螂捕蝉,黄雀在后"的商业潜规则,没敢要,是她硬塞的。然而此刻,我瘸着一条不能久站的伤腿,在一群焦虑不安的人里望着大红字的"贵宾",有点像渴望甘露的旱禾。终于,我被杂沓的人群挟裹着进入电梯,真不容易。

电门按钮上亮起一排数字：11、12、13……19。电梯似乎异常地慢，这电梯比别处的要宽大，开门关门的速度也比别处的慢，每一层都有人进出，等到了19层，一大间的人往往只剩下一两个。若只看这从喧闹到寂寥的速度确是快的。19楼，这是新落成的病房大楼的顶楼，老干病区就在这里，这里叫十九病区，是否也有着人生最后阶段的暗示？我喜欢"顶楼"或是"塔楼"这样的名词，它能把我带进一种莫名的，说不上是忧伤还是温馨的氛围，塔楼的上面应该有鸽群飞起来，可我来只看到铅灰色的天宇，没有鸽群，别的鸟儿也没有。这里的人步履蹒跚，不像我在楼下遇到的那些焦急的人走过时，身后跟着一阵风。他们的身后风平浪静，那种沉滞的静，表面看去像是悠闲，其实是殚精竭虑后的式微，和淡蓝色条纹的病号服很吻合。他们的脸上也都或多或少地有了天空的铅灰色，我刚刚的焦虑一下子被某种情绪替代了，每次都是这样，每次都是立刻被氤氲着的来苏尔味的某种情绪击中，那是从人心里分泌出来的缓慢的情绪。来这里的人也会不由自主地放慢节奏，不论你做什么。

2

16床，从我站着的这个角度看去，正好看到父亲盖着被子的后背和一截手臂，裸露在外的手臂是没有光泽的、粗糙皱缩的，我从来没有这样从背后打量父亲，有点窥视的意味，我似乎一下

子意识到,父亲是那么老迈了,心里泛起淡淡的伤感。我想起早年的父亲。一位军队作家所著的《红旗飘飘》,里面有一篇题目《四十封信》,写的是40个即将退伍的老兵,每人给营教导员,也就是我的父亲写了一封信,要求留在部队。那可不是现在的走后门,那时八·二三炮战正在激烈的进行中,生命随时都有危险。父亲是流着眼泪看完这些信的,有泪不轻弹的父亲被那些最可爱的人感动了,为了给他们写回信,父亲一夜未眠。可是,父亲对我们姐弟三人可谓严厉有加,慈爱不够。小时候我们见到父亲像老鼠见了猫,父亲吼一声,我们就七魂出窍。母亲常常愤愤地指责父亲是法西斯。当年的父亲多么霸气!身体多么好呀!晚年的父亲,脾气日益见好,俨然一慈父。父亲说:"你来了?我没有事的,你不用老往这儿跑。"后一句我听出不是他的真意,他其实是喜欢我来的,虽然他不需要我照顾。母亲来看父亲,也顺便看了隔壁房间一个刚做完手术的老人,见有人来看他那老人哭了,母亲也哭了。母亲回来说:"唉,人老了真可怜。"我也想去看看那老人,我连续几次腿脚受伤,已经提前体验了一点衰老的滋味。可我连自己的父母亲生病都无能为力,心有余力不足是人间的大痛。就让我痛吧上帝,在我能为父母亲做点什么的时候,我干什么来着?就让我的心痛吧,痛成齑粉。

父亲坐在轮椅上,我必须稍稍弯下腰去才能与父亲说话,弯下腰去,做这个有着谦卑意味的动作只需一瞬的时间,然而这一瞬是不可计量,没有疆域的。弯下腰,这一小块空间非同别的空间，包含了岁月的沧桑，我看见了行云、流水、电光、飓风。我忽然想起菲列伯·苏卜在《夏洛外传》里的一段话："没有一件东西能够不为时间的运动所摇撼，黄金、爱情、往事，都支撑不住。"在这里，我看到时间的大可畏在人的肉体上彰显无遗。我有些明白，为什么有那么多作家都是从医的，杜哈曼就是一个，他把自己医生的职业称为修理人肉机器的工匠，可他更愿意从事纠正人类灵魂的谬误。

其实我身体的一部分已经融入了这个空间，医生说我的膝关节由于多次损伤，已加速退化了。也就是说，我的膝关节已经不管不顾地先我而去了；也就是说，我的膝关节有可能已经80岁了。应该说我对这一小块无限的空间不太陌生。去年，我是坐着轮椅去做核磁共振的，一种错位感让我很不习惯，让我离地面很近，离天空很远，与一路上的垃圾桶一般高，上电梯的时候，别人都让着我，我感到了有些冷的爱。尤其当他们的眼神与我相遇，我听到了眼光与眼光的撞击声，那是好矛射在劣等的盾上，我的眼神不似父亲坐在轮椅上的眼神，父亲坐在轮椅上很坦然，压根儿就没想到有回程票，而我此刻的努力就是为了寻一张回程票，由于渴望、焦虑，我的眼里没有了坦然。回来的路上我似乎有些习惯了这样的高低位差，我发现我也和路边一些正在生长的小树一样高，是的，我身体的某些部位也需要重新生长。此刻我也是一株植物，像是一株硬生生地被嫁接的植物，父亲坐在轮椅里也是一株植物，只不过那轮椅就像是他的下半身，他像是从轮椅里生

长出来的。

　　忽然,我从人群里认出了我原单位的领导,他西装革履,春风得意,显然不是来看病的,那一定是来探望别人的。他已经不在我原来的单位了,高升了,而且是一个令人艳羡的单位。我先是把头扭到一边,以免跟他的目光相遇,接着是让推轮椅的护工改换方向,躲进一群蜂拥而来的人流里。我不知为什么要躲过他,而且有点掩耳盗铃的躲避。是我当下残疾、可怜的境遇与他的处境太鲜明的反差吗?我说不太清。

　　腿受伤后我看了很多电视节目,其中有我喜欢的科技频道。科学对人的大脑的研究已经有了突破性成果,对大脑的研究已延续2000年了。可是,科学家们依然承认,这点成果相对于大脑的奥秘,只是一点皮毛。我感叹人体的奇妙,人穷尽一生的力量也没搞清楚,人对自身都没搞清楚,更何况浩瀚奥秘的宇宙。我们居住的地球与太阳的距离更是奇妙,据科学家说,那是最适合的距离,最精确的适合。据推算,与太阳的距离哪怕远离一点点,地球上的水就不再是液态了,人也会被冻死;若靠前一点点,又会太热。据说包围在地球周围的大气层分为好几层,有对流层、平流层等,还有一层臭氧层保护着地球,是人类与各种生物、动物赖以生存的保护伞。从科学家特制的望远镜看,这些大气层还有颜色。在浩瀚的宇宙面前,我其实就是个瞎子,我看不到风、看不到电、看不到大气层的颜色、看不到射线、看不到微小的原子、电子,看不到哪怕离地球最近一颗行星上的东西,我的眼睛所能看到的太有限了。我也是个瘫子，我所能去的地方太有限，是的我们可以借助飞机、火箭，这不就像残疾人借助轮椅吗？其实，在宇宙奥秘面前，我们谁不是那又瞎又聋又瘫之人？

3

我父亲坐轮椅的时候，很多老干部还健步如飞，活蹦乱跳的。如今，我父亲把他们一个个都比在了身后，这些年陆陆续续好些人都坐到了轮椅上，眼看着他们从强盛到衰落，而且很多人状况还不及我父亲。有些人的衰老被拉得太长，有些人却是迅即的。

我在走廊上看到了王叔，他穿着病号服佝偻着背走在我前面，后脑勺像一座荒丘，那白发如衰败的枯草，他还算这群老人里状况比较好的一个，不用坐轮椅也不用拄拐，我喊了"王叔"一声，他没反应，我这才想他有些耳背的，我加大了音量，他才回头来看我，其实是回身，他是把整个身子回转来看我的，说："噢，你来看你父亲？"我想他身体的某些部件已经僵硬了，我不知道那是一种怎样的状况，我只知道他不能像我现在这样灵活，我也知道，有一天我的部件也会渐渐地失灵。那缓慢的忧伤再一次袭上心来。这19楼，这是一个众多的衰老与死亡的集中展现。

一个浑身颤抖的老干部偏斜着半个身子，被一个护工似的男人搀扶着穿过走廊，那个护工长相凶神恶煞，真为那个老干部悬

着一颗心。另一个迎面而来的拄着拐的老干部迈步、甩手，动作夸张又机械，显然身体各部的平衡与协调已经偏离大脑神经的控制了。从一间开着的病房门看去，一个卧在床上的老人正在抽搐、流涎。这些人此前都是领导干部，有人曾是一言九鼎的，一句话都要让地球抖三抖的，如今，衰老和疾病使他们往日的威严尽失，用闽南话说他们是"跁跁颠"的，就是走路不稳、东倒西歪的意思。这些人都曾在战场上经历着生与死的搏斗，现在依然是生与死的搏斗，只不过战场转移了；这些曾驰骋疆场的英雄豪杰，也只是把"英雄末路"演绎得足够久。这些来到生命尽头的人，他们的肉体大多已千疮百孔，像一幢漏风漏雨的老屋，我看到了作为万物之灵的人的可怜本相，衰老，人只有到了尽头的时候才看清的本相，之前，它藏匿在我们的身体里，它藏匿得很深，像善意的欺骗。无论此前怎样猛武捭阖、怎样的风流倜傥。我看到了肉身的殊途同归，谁也不能战胜衰老。也许在真实本相面前，人便也有了真诚，他们的目光真就有着人生初始那孩童般的神色了，多了些可爱。我因此相信尽头也是另一种的开始。有些人的目光里，能看到不属于这个世界的东西了，不知那目光之上有没有一个温暖的家园。我忽然想流泪，不仅只是为他们，也是为你、为我、为他，为所有将要老去的人。

4

然而,他们毕竟住着一切设施良好的病房,享受着优渥的医疗待遇,每月的工资足够他们请护工侍候,他们目前的生活是那些曾和他们一起在战场上厮杀,却没有能够归来的人们眼睛所未见过的、耳朵所未闻过的,超越了他们当年的全部理想。他们多数人是知足的,他们也在知足中受着病魔的折磨,求生的渴望在这里达到了顶峰。他们靠着意志、针药与这破败的躯体斗争着,与死神抗争着。是的,战争还没有结束。"卧倒,冲啊!杀!"他对我父亲说,真要命,他总是梦见与日本鬼子拼刺刀。他身上还有日本鬼子刺刀留下的疤痕,他说那次他以为他死了,他真的倒下了,他是从死人堆里爬出来的。有人说他总是说梦话,一惊一乍,常要被他吓死。人家这样说的时候,他总是憨憨地笑着。护士正在给他打吊针,那尖锐的金属在他枯树老藤般虬曲的血管里逡巡。他们曾是战场上的英雄,胜利者,但有一场注定失败的战役在等待着他们,那是枪弹不能征服的。

他死了,这次是真的死了,他去的地方没有返程票,那是个强梁的世界,即使是钢铁这样特殊材料制成的人,也将像脆弱的芦苇那样被折断、被拔除。本来他已好转,正准备出院呢,忽然就去了,其实他是被吓死的,他无意中知道了被隐瞒多年的真相:癌。原本死神是蹑足的、隐藏的,忽然就露出其凶恶面目,他身

体的大厦轰然坍塌,江翻海倒。这毁灭,本是缓慢的;崩溃,却是一瞬之功。

　　人死如灯灭,他的病床很快被清理干净,一点痕迹也没有,好像他从来就不曾在这里住过。此前,他喜欢在不打吊针的下午看看报纸,那时,南方初春的暖阳照进病房,照在他的脸上,他总是一会儿看书,一会儿看着窗外发呆,从这么高楼的窗子望出去,不知他看到了什么?那片绿化带里的树木,虽是一片葱郁,但只要第一阵秋风袭来,便会有飘落的叶。他颤抖的手翻动纸页时常常发出很大的窸窸窣窣声。这窸窸窣窣没有因他的死而停止,一直深入我的脑海。我想起狄金森的诗《死亡是一场对话,进行》里的诗句:"……灵魂转身远去/只是为了留作证据/脱下了一袭肉体外衣。"

　　另一个他来了,病床上原来那个"他"的名字牌卡上被现在这个"他"的名字取代了。他来,像走过无人的空旷,即使屋里有很多人,他也全当了空气,一丝没有表情的表情掠过他的脸。但当他独自一人的时候,又常常侃侃而谈,甚至手舞足蹈地"我跟你说呀……"可是他的目光所及之处空空荡荡,他是活在自己的世界里。他呼唤着他儿子的名字,前几年一场车祸,让他的儿子先他而去了。他总是说儿子没有走远,他说儿子就藏在他家院子里的一棵树上。从他的晦黯的眼神里,我知道他离他的儿子越来越近了,他晦黯的眼神是压伤的芦苇,将残的灯火。据说他年轻时脾气暴躁,现在完全没了脾性。他一会儿糊涂,一会儿清醒，糊涂时的他有一个惯常的姿势，就是双手紧紧抓住老伴的手，两眼仰望着老伴的脸，因为他老伴比他高。清醒的时候常被老伴训斥，他再没有当年挥手打老伴时的力气了。一次，我听见他老伴的呵斥声："怎么越来越糊涂了？连我都不认得了？"那一刻他是清醒的，也因此是难为情的。面对这样的呵斥声，他也许更愿意躲进糊涂里去。果真这是我最后一次看到他清醒着。

  脑梗、肠功能紊乱、心衰、帕金狄氏综合症，等等，那么多疾病都相中了Ａ叔这块肥沃的土地，他躯体的各部都背叛了他，他被完全地囚在了一张床上。孩子们都在外地工作，全靠老伴照顾他。他不愿拖累老伴，他要寻一个出口，以便逃出这座肉造的监狱，这所监狱已经囚禁了他７年，吃喝拉撒全在一张床上。说是肉造的，在他此刻是不形象的，他的皮肤紧包着骨骼，那么紧、那么紧，将血肉挤压得无处可躲。天气已经转暖，他身上依然盖着两床厚厚的被子。于是，一个"死"字在Ａ叔的腑肺间被一次次地润色，他伸出颤悠悠的手，费力地将输液管扯掉了。Ａ叔的老伴及时发现了，她愤怒了，在此之前没见她动过气。她说，战场上你九死一生都闯过来了，这容易吗？Ａ叔说你容易吗？我不愿意拖累你了。老伴说，除非你让我先走，否则不行。可是Ａ叔完全活颠倒了，白天睡觉晚上醒来，醒来后还要发脾气，还要频频地大小便，７年，他老伴从未睡过一个囫囵觉。Ａ叔病危时，大小便失禁、神志不清，她就彻夜不眠。７年，一个城市的城建可以翻天覆地，A叔的老伴却没有逛过市区任何一条街道；7年，2000多个日日夜夜，她的舞台就只是医院里的一张陪护床。而干休所里那个有着独门独院的小楼，她已经7年没有享受过了。因为她本身是护士出身，比别人更懂护理，所以她能一次次地从死神的手里把丈夫夺回来。然而我这局外人却想，对于这样的一具肉身，灰飞烟灭何尝不是解脱与慰藉。倘若夏娃在伊甸园连那生命果也一并偷了吃，那么古今中外那些强盗恶人就真的万寿无疆了，秦始皇不死、希特勒不死，永远活着，永远奴役人民，他们天天残暴杀戮，被杀戮的人也杀不死，却天天喊痛，那真是人间地狱了。

  我在这里看到的大都是老太服侍老头。有人说，上帝让女人的寿命比男人长，是因为对弱者（女人）的一种补偿。现在，我却从这里体会出了上帝的另一层美意——那其实也是上帝对男人的怜悯与爱。男人，这个世界的强者，无论他们曾怎样的强盛，当老迈来临，他们不再叱咤风云，他们就成了弱者，成了比女人更弱的弱者。一个独居的女人总是比一个独居的男人生活得更容易些，老人面对的无非只是生活的琐碎——买菜、做饭、洗衣、折被，或是照看孙儿孙女，对于老年女人这是生活的延续，更具经验的，而对于老年男人就艰难得多了。所以老鳏夫更需要一个老年伴侣。这样的时候男人是比女人更弱势的。普鲁斯特说过："……衰老对男人们来说是最要不得的，像把希腊悲剧中的国王们从顶峰推向深渊……"我忽然就感慨起生儿子的了，将来找媳妇，善良可是第一要紧，第一明智，第一有前途的。可是多数男人总是把美貌作为择偶的第一条件。这不能不说是男人的悲哀。无论是巴尔扎克、里尔克，还是萨特，陪伴在他们生命最后阶段的都不是他们当年最爱的和最美貌的。这真是一种讽刺。

他们大都是 80 岁左右的人，他们太老了，以至于我错觉他们一生下来就是这个样子，我不能把他们和婴孩、少年、青年、壮年联系在一起，尽管理性上我知道他们本来有过那样的时候。H 阿姨，她不仅是老干部的配偶，本身也是老干部。她患严重糖尿病已多年，可并不形容枯槁，她一直保养甚好，70 多岁的她看去比实际年龄小很多，我总能透过她落没的美貌推测她年轻时的锦瑟年华。可是，这后来的一两年里，我从她身上再也看不出她与美有什么关系了，残月落花的痕迹亦是没有的。说美人的迟暮也是美的，那是因为时间尚不足够久。时间很有耐性，它终究能让美女与丑女殊途同归，达成最后的公平。衰老之于美女更残酷些，但又有哪一个美女愿意早夭？对面遇见她，我说了一句违心的话："阿姨，你还是那么年轻！"她说："哪里呀，老得不像样了！"脸上却显出欣慰的笑容。

和她相伴的另一半已离她而去了，看着 H 阿姨在病房走廊踽踽独行的样子，心里便想，衰老与孤独，对于她哪一个更具杀伤力？或者这是相伴而行的。她依然爱美，她不喜欢穿病号服，她穿她自己的衣服，用美服遮掩她破败的身躯。衣服是印花亚麻的质地，很喜庆的颜色，远看就像一株着了火的老树，上面印着大朵的木棉花，像是刚从树上掉下来的，张惶与凄惘还在，颜色也尚未褪去，好像预示衰败是轰然的，突兀的。这些热烈的花又像是谁在暗处举着的灯盏，照出她身体的真相，也照出了我身体未来的真相，我的内心已有薄凉弥漫。

　　Y的老伴过世，Y在挽联上写着"悼念爱妻"的文字，我不知道这是不是生活的讽刺？他的那个"爱妻"比他的年龄大很多，是当初大院里唯一幸存的小脚女人，是他甩不掉的女人。当年，他和来采访他的记者相恋，小脚女人颠着一双小脚从老家赶来，保住了自己的窝巢。据说他们一直不和，从年轻一直闹到老年，他们闹离婚闹得很凶，曾经一个拔枪，一个动刀。确切地说，是Y要离婚，但Y一直没有得逞。终于，上帝把一切事情简单化了。一切都会来到的，只要有足够的耐心。

5

　　她注定是这里的一股旋风，是人们打针吃药之余的一点精神亢奋剂，她那么抢眼，她一点也不老。后来得知她只比我大两岁。他是老干部G的新老伴，相差30岁。她跟G的婚姻是典型的老夫少妻，G的老伴去世后，经人介绍认识了她，应该说是她主动要嫁G的，因为她，G整个溃垮的精神又得以整饬起来。

　　人们在她背后说着她的往事，说她走马灯般地找过几个男人，都是年龄大她很多岁的。这些暮年之人谈论着她，这些衰老躯体隐秘之处日渐式微的火花，借助这风势的搅动，是否重新旺起来，想起一些年轻时的风流韵事？他们这一辈人，也许从来就未有过什么风流韵事的。

　　我在还没有见到她就已经听说了她，也听说了她是漂亮的，见到她时，她的漂亮还是出乎我的意料。我印象最深的是，她满脸羡慕地对我说："你真幸福，你这个年纪还有父亲。"她说她在幼小的时候父亲就离她而去了。我忽然明白，她也许是在寻找一个父亲，而不是一个恋人，她有恋父情结。她其实是一次次地寻找父亲，然而，他们都不是她的父亲，她也就只能走马灯般地一直找下去，G只是她的又一个父亲的替代品。虽然她照顾G并没有给人留下可指诋的，但人们背后为着他们的婚姻还是捏一把汗，真悬。

6

　　我忽然听见"大青！大青！"的呼唤在病区走廊里回响，连带起那些个夜晚里的夜来香的气味，那种陌生恍如隔世。原来是我父亲老战友W叔在叫我的乳名，那时我们家与W叔一家同住在一个军营里，那时我才读小学，在那个新开垦的军营地里，在那些飘着夜来香气味的夜晚，孩子们就在空地上疯跑着、呼喊着一个个同伴的名字玩"点秋兵"。我以为我彻底忘记了我这个乳名，说实话对于这个乳名我隐讳已久，我很不喜欢它，觉得它难听，与当时那些雅静的名字诸如"芳芳"、"雅丽"等相比，显得很突兀，很粗狂、很不雅。我是个爱美的人，我不能容忍别人叫我这个名字，因为我的抵制，果真没有人再叫我这个名字了。久而久之，我以为世上不再有人记起这个名字。不想隔了多年，猛不丁地听见这个名字，我被吓了一跳，这咄咄逼人的名字，这么些年过去它依然不肯罢休，依然逼逐而来。记住这名字的人已经不多了，记住这名字的人也已风烛残年了。我的心底不由自主地生出了温馨的感觉，也不觉得多么难听了，我忽然有落泪的冲动。W叔和我父亲交谈起来，W叔说他的胃已被切除了大半。父亲说他的胆被摘除了，还有胰腺炎。其实我们都知道W叔是胃癌，谁也不敢告诉他。W叔的脊背更加弯曲了，好像背着一捆柴。他说，那时我们多年轻呀！才四十来岁。这让我大吃一惊，我知道有一件事我必须重新审视，那就是关于四十来岁，我原以为迈过40岁这个坎，就意味着老了，因为那时我正值他所说的四十来岁，我常常沮丧地自言自语说，我已经40多岁了，从此，我要说，我才40多岁。他的话把我重新拽回到阳光的一边，我看见有一捆柴正在我40岁的天空燃烧着，噼啪作响，我把火的力量紧握手中。

"大青"它是一棵大树，又大又青的树，生命力顽强。原来，它的须根一直深扎在我生命的泥土里，它的枝丫从看不见的一头延伸到看不见的另一头。那另一头，才是真正让我恐惧和忧虑的。但也不必忧虑吧，今天的忧虑今天担就够了，一肩担尽古今愁，那不是肉身的肩膀。或许老人们的缓慢，正是潜意识里流露出来的从容，我父亲对于那另一头就很从容，那种从活得足够久的满足里生出来的从容,或许因着衰老带来的种种不便,因着从美貌强壮到丑陋衰弱的肉体,对人生就没有年轻时那般的眷念,也就少了恐惧。我想起英国诗人兰德75岁时写的那首诗《生与死》,"……我双手烤着生命之火取暖/火萎了/我也准备走了",多么从容不迫。

汽车与牙齿

　　牙疼。起初只疼一阵子，我靠着药物牙膏和退火药，还能抵挡，后来这些都败下阵来，只好跟熟悉的牙医 D 打电话。漂亮的牙医 D 若不是刚生下一女孩，我会继续称牙医 D 为"女孩"的。D 是她姓氏的头一个拼音字母，像她怀孕时那夸张的肚子侧影。D 说先吃抗生素看看。我就买了头孢和甲硝唑。吃 4 天。D 只吩咐吃 3 天，我感觉不太乐观就多吃了一天。停药后，小心翼翼地吃东西，惊喜牙齿好了。可是两天后的夜半又疼起来了，凌厉的，能把人猛地提起来的疼。逃不过的劫，还得去医院，治一颗牙要跑多少趟？要等多久？挂号、检查、取药排队那个烦琐，想想都害怕，小小一颗牙，牵一发而动全身。

　　一大早我去牙科排队，牙医 D 还在哺乳期没上班，我只好把自己交给命运。牙科门口的导诊员很殷勤地迎上来，让我惊慌的心感到一丝安慰，于是跟着他走，去到最后一间诊室，里面有一个女医生和几个实习生，病人不多。她问我痛过几次，我说基本不怎么痛，大痛就昨晚。我说难道牙齿痛跟体位有关系？我怎么一躺下它就大痛起来。女医生用鼻子笑了一声，说当然有关系，那是牙髓炎的典型症状。虽然她戴着口罩，但她强烈的表情力透口罩。好像我没有她所拥有的牙医知识就很可笑。人活世上，需要多少方方面面的知识呀？即使一生孜孜以求，又能精通几个领域？即使像我这样大半生在医院、工厂医疗室、医药企业工作过的人，也算粗通医学，但对牙齿，依然是连常识也没有的，因此，社会才需要分工，我不喜欢依仗自己的专业睥睨别的人，可我此刻必须讨好她，来改变她强硬的态度。

经过检查，她以教训的口吻对我说，你这牙齿平时没来做检查吧？我愣了一下说没有。她郑重地说，你买一辆车还需要定期保修对不对？我赶紧点点头说对。她接着说，牙齿也是天天要用的，也是要定期保修的对不对？这下我无法点头了，她的话很对，买一辆车是需要定期保修的，可是，牙齿，谁要是不被逼上梁山，谁来医院这地方？她说，那只好先把牙神经杀死，要多跑几趟了！

第三趟来，一大帮医生正在开早会，我坐在诊室里等她。她一进来就说"来吧来吧！"发音急促，一下子就在我心里敲响不安的鼓点。要上根管了，她要把我交给实习生。如果人人都不肯让实习生练手，那他们怎么成长。可是对于牙齿，我早已如惊弓之鸟，早年一颗好牙被牙医当作坏牙车了个大窟窿，边上的坏牙却安然无恙。何况到了上根管的关键时刻，我要求她亲自做，几近哀求。文人写起东西慷慨陈词，却常常要在这个世界的某处折腰的，"五斗米"已经衍生出太多的形式。她皱着眉吼起来，说你既然相信我就要相信每个人！我不知道为什么相信她就要相信每个人，后来总算想出点眉目，她的"每个人"的范围一定是限于这间屋子的，也就是她的这三两个实习生，有名师出高徒的意味吧？最后她总算亲自给我治，这也许是个错。她拿着铁家伙在我嘴里这捅捅那掏掏，无论这里还是那里，随着她"冷兵器"般的铁家伙探进，我的牙酸痛到无法忍受，几次要从椅子上蹦起来，细碎的汗珠从鼻尖上冒出来。这样的治疗我以前也做过，别的牙医开始都会小心地试探地进行，还会问痛不痛。可她不是这样。她有些生气了，说，你这么敏感我怎么治？我忽然想起我人生第一颗龋齿的治疗医生，我特别想念那个牙医，也是在这家医院，已是40多年前的事了，40多年前他是这家医院的牙科主任，一点也不端架子。那时我还小，只记得他四十来岁模样，满脸大胡子，他说我年纪还这么小，牙齿要用好多年，于是就很耐心地给我治，果然我那颗牙被保住了，果然用了很多年。看来一个人活过几十年，嘴里往往就藏着某牙医的好口碑或耻辱柱。

最后她恶狠狠地摔下一句："一星期后再来！"我蒙了，本来说好这次要上根管的，前两次来都只间隔一天，这最后一次已是额外，至于要等一星期吗？"快春节了呀能不能提前来！"我试探地问，她不理。我又说，能不能星期四来？星期四我搭车方便。之前我已说过我住得远。她急促有力地吐出两个响亮的字："不要！"像两颗从她嘴里吐出的子弹。按说她应该跟我解释一下为什么，又没别的病人，不存在忙的因素。也许病人少和她的态度有直接关系，我内心有些阴暗地高兴了一下，这是公平带给我的安慰。她不解释，直接问我要上什么样的烤瓷牙。国产最便宜的也要400，进口的几千到一万不等。我说400就行了。她没有吭声，沉默了一会儿，我提心吊胆地观察她，她的表情发生了变化，我似乎能透过她的口罩看到她在微笑，我以为这关系到她的经济创收她才态度好一点，自然要换一副嘴脸。她说："你要是买一辆车，是不是也不能选太差的……"又是车，我心想。看来她喜欢把牙齿和车扯到一块，她的好态度来自她又想到的"车"吧，牙齿和车是风马牛不相及的，可是再一想，还真是有些关系，牙齿关系到"食"，汽车关系到"行"。我们不是总说"衣食住行"吗？齐人冯谖倚剑而歌：长铗归来兮！食无鱼。长铗归来兮！出无车。这么想来，牙齿和车还真不是远亲，她的比喻不但没错，还很贴切，都有点锦心绣口了。

一星期后，我的牙神经还没有被杀死，出乎我的意料，我的牙神经比我的脑神经坚强多了。我以为我是个异数，心里就有了愧疚。没想到她一反常态地热情起来，她说她看到我从汽车上下来。她那眼神让我读出一个成语："刮目相看"。其实每次来都是先生开车送我来的，可惜先前她没有看到，让我白白遭受了那么多白眼。因为汽车，我被刮目相看了。

我后来听D说那时她正在学开车，难怪她总是以汽车做比喻。那时汽车还不像现在这么普及，这样满大街泛滥。也许她还没买车，正满心盼望一辆车吧。这让我感觉，在一个牙医的眼里，一辆车比一颗牙重要。车也真的比牙贵重的，似乎无可厚非。可是，

一辆车能换一颗上帝给你的原装牙吗?我忘不掉《悲惨世界》里芳汀走投无路时,卖掉一颗牙的痛心疾首。头发剪掉还可以再长出来,牙齿拔了就不能再长了,那多难看,这个美丽的姑娘因为出卖了牙齿,一夜工夫老了10岁。

克拉克瓷

1

在平和县克拉克瓷展览馆里，我看到了那么多的破碎与残缺。

在这间不足150平米的展厅里，那么多碎瓷被慎重地搁在红丝绒上，罩在玻璃罩里，即使摆放在玻璃橱里的那些较完整的瓷碗瓷盘，也只是相对的完整，或多或少有着不同程度的损毁。这是我见过的最尊贵的破碎与残缺。这些瓷，它们曾经是有用的，我仿佛看见它们400多年前的完整，它们原本或是农家饭桌上一只简陋的碗，一只卑贱的碟，抑或是达官贵人厅几上贵重的酒觞、茶钵，这些蓝色花纹的器皿，或贵或贱，本都是日常的。然而，破碎是它们共同的命运，破碎使它们在当初使用它们的人眼里一钱不值了，它们被弃旮旯、荒野，然而，在时间的洪荒里，终于遇了那月光、那潮汐、那艘船、那些个人，使得那些瓷洗去百年尘垢，由日常转为艺术。一个俗物没了日常的用处，没了烟火味，反而变得更珍贵了，在这里堂而皇之地接受人们膜拜的目光。

一本书里写到一个小女孩打碎了一个瓷盘，瓷盘上画着很美的图案，写着"天堂"二字。天堂破碎了，小女孩被罚跪，从此开始了她破碎的一生。"破碎"如同人生的"无常"，我也是害怕的。那"破碎"一直在民间象征不吉的预兆，这样的暗示可以让人一整天忐忑不安，反复念叨："碎碎平安！"取"岁岁平安"的谐音，来安慰受惊的灵魂，"破碎"伤害的是灵魂。如今，克拉克瓷破碎的故事早已灰飞烟灭，新的故事重新开始。

2

克拉克瓷大多是青花瓷，这被层层包裹的甘蓝，朴素典雅，被它们照亮的一瞬间，世界便黯然了。我不能明白，所有我见过的"青花瓷"明明是蓝色的，却用着"青"字来命名，以至于我不得不信，为此命名的人一定是个诗人，"青"这个字所营造的神秘、圣洁、诗意是无与伦比的。乍一看，克拉克瓷与别的青花瓷没有什么区别。细看，它的蓝拙朴些、滞重些。仿佛是用了满世界的蓝。我以为那不是天空的蓝、不是海水的蓝，它的蓝是农家主妇穿的丹阴士布裥的蓝。是日常的，可以抚摸的。

从较完整的克拉克瓷可以看出，构图大多规整、拘谨、很现实的那种，也许是受开光分格的局限，不敢有太多的想象与旁溢，盘、碗多是宽边的，沿口处多有圆形开光（开光，即在既定轮廓线条内进行的彩绘，有圆形、椭圆形、梯形、树叶形等），绘山水人兽、渔樵耕读，严谨有序。虽是碎瓷，依然能看出克拉克瓷图案特有的粗犷与简洁，鸟兽虫鱼有着安详的神情，梅兰竹菊有着蓬勃之势，留白较少，略显繁杂，是民间大众的审美需要。

听馆内工作人员介绍，这克拉克瓷的风格与景德镇瓷相近，毕竟江西人在这里做过瓷。据载，明朝都察御史王阳明奉旨平乱后，便在此地设县，还从军中拣选了一些江西籍兵丁，充役于县治衙门等职。据考证，自明正德十四年（1519年）至崇祯六年（1633年），共有13位江西籍人主政平和，使得景德镇烧瓷工艺大幅度地传入平和。平和旧县城的九峰镇至今留存的"江西坟"，印证了那段历史，坟岗不远处便是克拉克瓷古窑遗址。

克拉克瓷没有景德镇瓷的精致，其青花彩绘不重细节，施釉点彩随心所欲，写意粗犷，倒也独具一格。很受欧洲王公贵族的喜爱。克拉克瓷分万历至清初和康熙两个时期，前者有翠蓝、灰蓝、淡蓝几种色调，为开光的青花瓷，勾、点、染自然洒脱，凡圆圈皆两笔拼凑而成。后者胎薄。克拉克瓷与景德镇瓷最显著的区别是圈足的地方带着许多夹砂，即所谓的"沙足底"。

《漳州府志》记载："瓷器出南胜者，殊胜它邑，不胜工巧，然犹可玩也。"

不胜工巧的粗粝与拙朴更带了人间烟火味，在靠墙的展橱上，相对完整的两块大瓷，显然是昔日的大瓷盘，大瓷盘本就是农人灶台上盛红薯、米粥、咸菜的家什，温老暖贫、日子笃实的象征。

其中一个画着一只飞起来的鸟，它那张开的翅子比所有的飞翔更持久，它一定是向着昨天的方向飞，昨天的昨天，它引领着我们这些凡人的肉眼，跟着它一起穿越、直抵洪荒、永远。

3

从克拉克瓷展馆出来，我们去了克拉克瓷古窑址，"克拉克"这个洋名与"古窑"两个字的沧桑感怎么也贴合不起来，更令人想到它的传奇与神秘。央视播出过《复活的克拉克瓷》与《寻找克拉克瓷的故乡》的节目，我没有看到，我只是粗略地知道一点它的身世，1602年荷兰东印度公司截获了一艘"克拉克"号葡萄牙商船，船上近10万件中国青花瓷器因不明产地而被命名为"克拉克瓷"。1984年阿姆斯特丹举办了题为"晚到了400年的中国瓷器"的大型拍卖会，轰动了整个欧洲，全是打捞出的六七世纪沉船中的克拉克瓷，拍出了约3亿荷兰盾的天价。这还引出后来石破天惊的发现，平和窑遗址群解开了困扰学术界多年的克拉克瓷产地之谜。据说一个为这项研究苦苦困扰多年的日本学者，当他来到这谜底——平和古窑遗址，竟激动地跪下来痛哭。日本人真奇怪，懂得敬重神奇的物品，却不懂得敬重制造了这神奇物品的中国人。

汽车驶入平和五寨乡后，山路越来越崎岖，车子最后在狭小的山路里被大石所阻，只得徒步行走。虽已深秋，路旁的灌木丛依然飞红摇绿，远山全是规整的树木，那是农人栽种的柚子树，这人工斧凿的整齐很像某导演的方阵模式艺术，一种声势浩大的呆板，却能让人深感人类创造力的巨大。

沿着有些风化了的石阶而上，走在上面像走在旧时光里。攀上"狗头山"山峦，便见古窑遗址，只剩残垣断墙，有酱紫色的火烧痕，有呈瘤状突起，如血痕，被称为窑汗。虽是这番景象，也不觉凄清不觉落寞，这里已是柚园，柚树蔽天遮日，有些树已收了果，更多的还挂着果，黄灿灿的，好不热闹。看得出农人的种植避开了这古窑遗址，一种有意的保护，但却无法避开那些碎瓷片，那些柚树就生长在碎瓷与碎瓷的间隙里，在这里行走，常常要踩在历史的碎片上。

山下有一小溪迤逦而去，消失在崇山莽林间。数百年前克拉克瓷就是沿这条溪流归棹远去，过漳州、进月港，一路奔流到海外。当年文学大师林语堂也是坐着乌篷船沿这条溪流走向世界的。这真是一条水上的丝绸之路，无论是瓷还是人，从这里走向世界，就不再被世界遗忘。

我也下到溪水里，在水里濯洗捡来的瓷片，岁月的泥垢在清澈的溪水中褪去，精美的青花纹便显现出来，有的像树叶，有的像繁体字，更多的是什么也看不出，由于破碎，图案被截断，显出诡异与抽象。不需要看出它们的本相吧，只要有这破碎之后的坦然与美丽，足矣。

4

从狗头山到碧沟窑,我们又看了几处古窑遗址,这所谓的"十里长窑"不免让我有些失望。秋阳下,只见蒿草在风中高高低低地摇晃着,有几处不明显的小土丘似的古窑遗址,没有我想象中的壮阔。如果当年没有葡萄牙"克拉克"号商船,没有被打捞出的六七世纪的沉船,那么谁还会来看这些藏匿在闽南大山里被抛荒的土丘?到处是那些半人高的野菊,硕大、金黄的花冠开得极灿烂,它们已经在这里灿烂过几百个秋天了吧?此刻,我所见到的野菊是否就是400年前盛开的野菊?谁知这里发生过多少故事呢?看着那如荒冢一般的古窑,我忽然忧伤起来,古窑和墓地,像魔术家的手,在墓地隐秘的内部,肉体变成了泥土;在古窑隐秘的内部,泥土变成了瓷。宝石一样晶莹的瓷发生了怎样的质变?一点一点地量变,然后是质变。我从没见过任何质变的一刹那,我相信质变是一刹那的,缓慢的只是量变。神秘的大自然将它的奥秘向我隐藏,就像我从来不知道胎儿怎样在子宫里长出骨头。我不能知晓的东西总是比我知晓的东西多得多。

5

我们去的最后一站是克拉克瓷研究基地,基地坐落在山寰间,青林环绕的一方空地,一个大的院子里,设有成品陈列厅,还有窑房、水车、水锤、水床、淘洗池,还有手工制瓷流水线上的各道工序作坊。成品陈列柜里摆放着仿制而成的克拉克瓷器,有碟、盘、碗、罐、钵、瓶、杯、盏及笔架、墨架等。

一、二、三、四、五、六……我数不过来了,这些旧时光的翻版,安静地排列在瓷器架上。它们已经不带有任何泥土的表情,它们是脱胎换骨了的泥土。我常想,这些明亮如玉的瓷,它们的前身竟然是泥土,这奇迹到如同荒谬的事,我一直以为荒谬是这个世界藏匿最深的真相。假如从没有人告诉过我瓷的由来,我能否知道它们来自于泥土,经水火而成呢?我想我断不能知晓的,难怪欧洲人第一次看见瓷,百思不得其解,以为是一种宝石。我常想,第一个把泥土变成瓷的人是怎样的大天才!像第一个吃西红柿的人,我们知道他的名字叫china,想起瓷,中国人该多么自豪。

院子里堆砌着做瓷的泥土,灰白色的泥土。听基地负责人介绍,这是些特殊的泥土,叫"高岭土"。它们先是像选秀的美女,在大山里被海选了来,经过千锤百炼(30个小时的水锤击打),再经过4个水池的淘洗,留下细腻的过渡到水床,再经发酵,再经

打磨，就成了柔软光滑细腻如缎的胚泥了。我一边听基地负责人介绍，一边把手伸进水床，感触着它们的细腻，零距离接触，妄想深入泥土与水结合的隐秘之处。

6

这些泥土在艺工们的手里被铸造成各种瓷器，再放进窑里烧制而成。这些泥土有的被做成了鼎，象征着权力。我看到一个硕大的鼎被高高地摆在架子的最上面，基地负责人说是为一位尊贵的客人准备的。有的被制成盘碗瓶盏、文房四宝，小心地放在柜橱里，还有一些被制成坛子、钵罐，随便地贱放在地上。同去的一文友买了一个回去腌咸菜。同样的泥土，却有着贵贱不同的结局，瓷器也是有命的。我想，冥冥之中，是否也有一位造人类命运的神？造出一些尊贵的人，再造出一些卑贱的人。不公平就是另一种的公平，难道一个匠人没有权力将一些泥铸成鼎，将另一些泥铸成菜坛子吗？

同样是泥，却同途殊归，一些在制作过程中被摒弃了，一些要返工几次，反复几次回到初始，有的一次成型，有的经火后成为次品，是无法返工的次品，连重新来过的机会也没有了，它们的命运只能被丢弃。更多的是从泥土变为瓷，无法返回泥土了；作为人，我们却相反地走着回归到泥土的路，"你来自泥土，又回到泥土"。衰老的过程就是一步步退回到泥土的过程，我们其实说不清，我们每往前迈出一步，是前进还是后退。

　　手工作坊里，我看见泥坯在匠人的手里旋转着，那叫立坯，像地球一圈圈不停地转去，我们不也像这些工匠吗，每一天都是在旋转中度过的。这间作坊只有一对中年男女。他那双手像是泥土延伸的一部分。我问了一句什么我不记得了，反正他连头也不抬，不理睬我。他纹丝不动，只有手里的泥坯旋转着。他灰头土脸，头上、身上到处泥痕斑斑，他整个人就是一泥坯。而我，衣着干净时尚地站在他面前。可是不知为什么，那一刻我在一个不搭理我的，一个灰头土脸的人面前自卑起来，自卑与自尊是何等近的距离。是的，他为什么一定要理我呢？要对我客气呢？他知道我们不是冲着他来的，是冲着他手里的被造物。那些只认得物，不认得造物主的人，把造物主简单称为"打工仔"的家伙难道值得他们热情吗？他那双与泥坯同为一体的手，那双化卑贱的泥土为神奇之物的手似乎已超越肉体之身的手，他有权力睥睨光鲜的衣裳与会朽坏的肉身。他的沉默是泥土的沉默，是对外界的、可消逝事物的冷漠。也许这些都是我的臆想，而他只是符合了《文心雕龙·神思》里说的那样，"陶钧文思，贵在虚静"。此时的他正摈弃一切杂念，进入瓷的境界。旁边那个和他一样灰头土脸的女人，似乎有些不忍，就跟我说起话来，可我一句也没听懂，不知道哪里的方言。让我更加尴尬。

　　另一作坊，艺师们正在施釉、绘画、加彩，所绘图案大多为民间喜爱的牡丹、荷花、竹子、松柏、鸳鸯、龙凤、麒麟等。我

忽然悟出,这蓝釉不都是阴丹士林布裋的蓝,还染了这山野葱郁的青绿,于是,叫作"青花瓷",青花,最有生命力、最高贵、最深不可测的颜色。

我感觉有些累了,就离开还在作坊里观赏、兴致未尽的文友们,独自来坐在这院里的石墩上,几声寥寥的鸟声,还有风声,这山野里的鸟声、风声似乎是瓷的同谋,让这空间越发得寂静,让我感觉时间凝固,白日冗长。

抬头,只见对面山上有一荒冢,心里一凛,像是上天给我的一个启示。我不知道那里埋葬着什么人,但我知道那是一个已经归回泥土的人,回到了原点。据说人体的成分和泥土的成分大致一样,人的骨头由磷酸钙组成,磷酸钙就是泥土中成分之一。

7

我的记忆很差,也许和我多次手术,麻药的侵袭有关,也许和年纪有关。我们返回的时候,车子只拐了一个弯,那个刚刚自我介绍过的基地负责人,我已记不得了,名姓都忘了,甚至他的模样也模糊了。当然,口袋里还装着他的名片,我的袋子里有很多这样的名片,陌生的名片。唯有那一幕,那泥土中的一男一女,做瓷的一男一女,在我心中永恒,麻药也不能抹杀的。我想,当年也一定是这样一些卑微的人，一些下里巴人，他们造的瓷已经名扬天下了，还被冠之"克拉克"的洋名。当然，我并不崇洋媚外。在瓷的面前，你无法崇洋媚外。

被空出来的

1

　　干休所里偌大的门球场被空出来了，空荡荡的门球场已是杂草丛生，那是另一番的热闹。白色的龙葵草花，黄色的磨盘草花，紫色的火炭母，在场子四围蔓延，还有好些叫不出名的植物，都在太阳下明晃晃地绿着。曾经，这里盛满了打门球的老人，欢笑声、争吵声犹在耳畔。老人们往往为着一个球起争执，他们小跑着，这里、那里，抡着门球棒指指点点，脸红脖子粗，甚至互相揭老底，反目为仇。这些有过戎马生涯、当过领导的老人们比我们小时候玩游戏还认真，很让我不解。他们似乎又变回了顽童，人生就是画一个圆圈，从原点出发又回归原点。

　　这门球场几乎没有空闲过安静过。也有不打球的时候，不打球的时候多半是把门球场做了舞场，那时老太们便是主角。她们像少女般叽叽喳喳，把个门球场更是闹成欢腾的海洋。待音乐奏起，她们便整齐有序地排列开，随了音乐疯狂地扭动腰肢，有时那姿势很让人发笑，往那里路过便抿了嘴强忍着。有时，他们是在准备交谊舞的会演，其中一老太对一老头说："我们还要化妆呢！"那老头不住地点着头说："好好好你们要化妆，你们还要穿得漂亮些呦。"那老头比老太们还兴奋，那时老太和老头的眼神里都有了些电光火花。看得我很惊诧，原本以为，到了他们这个年龄就不再有激情了，不再有男女相悦之情了。看来我错了，原来这样的两性之悦是可以维持到很老的。其实那时候他们还不太老，也就五六十岁吧。那时，他们刚搬进干休所里，转眼又过了20多年，这些昨日的热闹被植物们的粗枝大叶覆盖了。植物的生命力很旺盛，被锄过几次，却又春风再生，这是可羡慕的，人的许多东西一旦逝去就永久地失去了。听父亲说原来干休所有5个门球队，轮番比赛，这些年下来，那么多的老人一个接一个地离世，还活着的老人们也都更老了，他们已经打不动球了，现在是一个门球队也没有了。这些植物就趁机占领了这块地，就好像是它们吞噬了老人们。它们的长势愈是丰葳，愈是显出人生晚景的凄凉。这空出来的门球场仿佛人生的底色。

和母亲一块散步的那帮老人正在锐减，这末后的、零落的人世，像一棵正在经历秋冬的大树，繁茂的树冠不时地剥落一点，剥落一点，就已经快要空了，只剩得几根枯枝，几片落叶。一叶落知天下秋，何况千叶万叶。一次，父亲去住院，母亲也跟去了。住了一段时间，母亲受不了医院的生活，就把父亲撂给护工，自己回干休所了。可母亲一回家就发现，白天，整个干休所很难见

到老人的影子了,晚上出来散步的老人也比住院的干休所老人更少,于是母亲再次回到医院。

这些年,我回干休所常能听到某某老头走了,某某老太走了这样的话题,过道的那面黑板墙上常有白色粉笔写的讣告,让人触目惊心,心想又一个老人永远地走了。有时那黑板上的门牌号与我父母家的相近,真就冷不丁地把我吓出一身汗。据说100多个老干部已剩三十来个了。还在不停地减少。干休所里的卫生所那面墙上记录了所有老干部的名字,有的已经不在了,可卫生所工作人员依然没有涂去,也许他们觉得不忍心,怕他们的亲属见了会有人走茶凉的悲伤。可是人走了名字还在,同样会给亲属带来悲伤,这是没有办法的。

一次我问母亲,那个走路风快的老太哪去了?母亲知道我问的是谁,就说她早就坐到轮椅上了,是那种一步都不能离开轮椅的人了,她的孩子没回来就没人推她出来遛,所以我见不到她。想当年她走路风快,又喜欢穿宽大的花裙子,像一只美丽的大鸟飞来飞去。很久以后我才见了她一面,她坐在轮椅上被孩子推着,见了我,她高兴地喊我小于,不住地向我诉苦,说她的腿瘫了的种种不便,我多少能理解她这样飞来飞去的大鸟忽然被剪了翅膀,受了限制的苦楚。我不知道她如此长寿的轮椅残生是该庆幸还是该叹息。她隔壁那家房子都被空出来了,两个老人都走了,两个孩子一个在外地一个在本地,在本地的有别墅住着,干休所不允许出租,所以只在节假日来住两天,或是外地的孩子回来休假住。

想一想，确实有很多熟悉的面孔已经好久不见了，100多户的干休所，我只是熟悉他们的模样，看不到了的人，不是长期卧床就是走了。"走了"，是这个老年国度里频繁出现的词，且越来越频繁，简直是加速度。这让活着的人更加凄惶。这里都是些无神论的老人，可他们也不肯直接说出那个"死"字，却用"走了"这个其实已经关涉灵魂的词。至于灵魂，我不知道他们愿意有，还是没有。

"走了"，这是个注定要出现在明天的词，无论明天将出现怎样的词，怎样时髦、前卫、华丽的新词，都不能代替"走了"这个词。虽然死亡有很多种叫法，升天了、千古了、上路了、去土州了、去黄土县了、驾鹤西去了、仙游了……这些都比"走了"有诗意，但都不严肃。那多半是自觉离死亡还远的人调侃出的轻松话。而这里的老人只说"走了"一词，他们神情严肃地说，不到他们的年龄是不会知道"走了"一词的重量。"走了"也是一个主动词，含有对死神的轻蔑，有阿Q精神胜利法。"走了"是一张人生底牌。

我的大舅也走了，母亲在世上唯一的娘家人——大舅走了。母亲这边的，她这辈的亲人里除了她就都走了，母亲是被她的家族空出来的一个人。母亲的家族不需要任何的虚构，便是一部好看的小说。我很早就说过我要写一部家族自传体小说，题目就叫《半截牡丹》。姥姥小时候虽无法逃脱裹脚的命运，但因她总是偷偷地放开缠裹布，那本该是三寸金莲，却成了八寸大莲船，受尽了歧视与嘲笑。姥姥年轻时最怕庙会，庙会也是大姑娘小媳妇的赛脚会。可姥姥有着一张美丽的脸蛋，美丽的脸蛋和一双大脚的反差，也使她名声在外，有了半截牡丹的绰号。庄上没有几个人知道吴金花是谁，却没人不知道"半截牡丹"是谁，尤其那些男人们。赶集或是走亲戚，驴背上我的姥姥总是盘着腿，把一双大脚掩藏起来，男人们远远见了就嚷开了："快看呀，半截牡丹来了！"我说要把这些写出来，10多年过去了我依然没有写，就好像不敢轻易动那地下的宝藏。后来只是写了同名散文。

我知道的时候大舅已经火化，大舅走了几天后母亲才告诉我的。母亲平静地说出她最亲近的人的死，而我比母亲更平静。我什么都没说，我能说什么呢？我的悲伤加无能就是我的沉默。在母亲的眼里我一定是个绝情的人吧。我的大舅更是要这样认为吧，因为我已经好多年没见过他了。这些年我甚至没有给他打过电话，我的俩弟弟都去过沈阳看望大舅，他们都是出公差去的。我没有这个机会，我曾经要自费去沈阳玩，也是想去看他。母亲说他住在很偏的地方，不好找。我这样的路盲也就不敢去了。后来的这些年我的腿一直不太好，如果给大舅打电话我说什么呢？我还能给予大舅什么呢？说我腿受伤不能去看他？只能平添担忧。我知道母亲每星期都要给他打电话，我也就感到安慰了，也就不需要我了。于是我就沉默了。

大舅一直住着简陋的房，每当想到这个，我就渴望有钱，就在心里做发财梦，心想如果我有了钱一定为大舅换套大点的房。我小时候大舅最爱我，就是他不爱我我也会爱他，因为他是世上最爱我的人——我姥姥的儿子。可是我的经济一直停留在"如果"的状态。现在梦也不用做了，大舅去了不需要房子的地方了。

2

这个周日我回家看父母，一进干休所大院，只见父母坐在离大门口不远的老树下，我赶紧把带来的一本文学杂志摊开给他们看，我只是想让他们看看封二上登了我的照片，想让他们高兴，在我这个年纪本应大有名的，却仍是无名之辈。对于耄耋老人就要像对待得了绝症的人一样，怎样高兴怎样来。可是我的心愿总是落空。他们不像以前那样了，我有微小的成就他们都引以自豪，现在我看不见这样的表情了，他们的脸上只有漠然，我也许该知足了，他们都是离开八十奔九十的人了，没有痴呆就是好的。我也不需要太悲伤，毕竟他们的眼目疲倦了，他们只是坐在这里，眼目对着长空或是远方长久地不转，他们即使看近处的景物，在我看来也好像是在看很远的景物。

不一会儿，又一个老人来了，拄着拐棍蹒跚而来，据说90多了。我母亲夸他恢复得真好，原来他中风过。他很吃力地说着话，头不时地摇晃着，好像不受身体控制。我需要很注意才能听懂他的话。他说出一句让我备感悲凉的话。他说不太喜欢跟老家人通电话了,他说他所认识的同辈人都走了。自古有"人生七十游伴稀"之说,何况他90多了,他也是被空出的一个人,被家乡那帮小伙伴空出来的一个人。我的父亲又何尝不是这样的?在他进入干休所之前,和他经历相仿的那拨干部转业的转业,调离的调离,从五湖四海来,又散去五湖四海,父亲是最后一个把大家都送走了的人。如今,干休所里同一个驻军地来的老干部,也剩他一个人了,他又把他们都送走了。父亲高寿,但在这里,高寿是寂寞的同义词。

又一个老太被她儿子用轮椅推出来了,老太没有感叹瘫了的腿,而是感叹早年家里贫困没东西吃,现在生活好了,她却得了糖尿病,那么多好吃的东西,只能用眼睛看看鼻子闻闻。

我买来父母先前爱吃的东西,往往得到的是一句让人遗憾的话:"哎!现在已经不爱吃了。"或是"吃不动了!"母亲对她过去爱吃的东西一样一样地没了胃口,曾经那么爱吃的香水梨、糯玉米、核桃,现在都不爱吃了,一样一样地从她的食谱里减掉,不再贪恋现世的美味。母亲的生活就是减法。这让我不知所措,我除了能买一点东西孝敬她,我除了能借助物质来表达我的爱,我还能做什么?我不能阻止他们衰老的脚步,衰老就是一点一点地空出一个人的胃,把欲望也空出来。死亡也是一点一点地,一点一点地把人架空,好似要预备轻装离去,去到另一个世界。我一直以为所谓女人,就是身体比男人少了些东西又多了些东西。母亲那多出来的女人的部分已经被疾病掏空了,先是子宫,再是乳房,她从完整的女人到不完整到零碎也不剩下。母亲身体里女性的那部分已经失去。母亲的眼睛一直很好,忽然就一只眼睛看不见了,好像被什么遮住了。母亲的眼睛也只剩一只了,母亲用一只眼睛看看我们这几个幸存的亲人,已经够用了。其实母亲没有看见大舅已经很多年了,早年,大舅还常来我们这里住住,现在年纪大了,母亲担心路上有个什么好歹,就没再接他来住。但母亲借助现代通讯工具,还是能够常常听到他的声音。母亲每星期都给大舅打一个电话,这个习惯雷打不动地坚持了好多年。大舅是家里的老大,母亲最小。于是大舅总说母亲是家里的"小不点",每当这时,我总是要把母亲想象成小不点,也就是小孩儿的样子。可我从没见过母亲的孩提时代,母亲的老却随着时间的推移越来越意象突出。这让我的想象很吃力,好像她一出生就老了。就如同我无法对一个小孩推想他老了的模样。但母亲的声音帮助了我,母亲在电话里总是"哥呀——哥呀——",地拖着长腔,声音也一下子变得年轻起来,还真有点像小女孩。母亲从来没有用这样的语气与我们说话。我总在想,人活到这个年纪还有个哥哥撒撒娇就是幸福的。大舅走了,这世上再没有我的大舅了,死神把大舅留给我母亲的声音也带走了。一个人活到父亲走了、母亲走了、姐姐走了,最后哥哥也走了,一个人活到这个时候该是怎样的忧伤。我想安慰母亲,可我不知该说什么,我是那么的无能为力。

我家3个孩子里我对大舅最有感情,我小时候被寄养在山东老家,大舅在沈阳,他常回家看他的母亲,也就是我的姥姥。大舅从来没有对我发过脾气,其实他从来就没有对谁发过脾气。一个卑微的人似乎是不配发脾气的,大舅似乎只配点头哈腰。大舅生性孱弱,又在那个乱世里生活得太久。那年日本鬼子在山东大扫荡,我姥爷在韩国,我姥姥一个裹着小脚的女人带着3个未成年的孩子,孤儿寡母跑不远,就蹲在村子附近的一个壕沟里。一个日本兵端着刺刀冲上来了,大舅那时也只是一个大男孩,吓得不住地点头,作揖。听了母亲这段话,很多年我不敢说出来,大舅的形象太不能给中国人长志气了。大舅成人后也参加了抗日,是参加了国民党的队伍,大舅写一手好字,还当了文书。逃往台湾的时候,大舅的一只脚已经搭上了船,因为思念母亲,他又把那只脚缩回来了,从此他的人生就一直在退缩,卑微地走完了他后面的人生路。这有点像作家赖妙宽《父王》里的主人公杨二福,杨二福本来也有一次改变命运的机会,他那天已经跟着红军走了,忽然想到他的菜筐还撂在河沟沿,就转身去取了托人带给母亲,不料他就此赶不上队伍了。

　　大舅"文革"被批斗。人家让他老实交代,说你们这些国民党兵究竟抢了多少东西?大舅赶忙点头哈腰地说抢了很多很多,人家问很多很多究竟是多少?大舅说多得背不动。大舅来福建的时候,我们全家去酒楼吃饭,服务员递上热腾腾的手巾,大舅起立躬身,一迭声地说:"谢谢谢谢!"搞得服务员也不知所措。我们笑他也责怪他。他于是更加不知所措了。下次他就不再这样,很谨慎地克服了他习惯性的点头哈腰。他说,不能给我们丢脸。

有人说大舅当年若是去了台湾，现在就富了。说大舅就是选择了留在大陆才这么穷，我倒觉得大舅选对了，因为母子亲情在他心里比荣华富贵更重要。

大舅也有骨头硬的时候，那年去韩国他父亲那里，也就是我从未谋面的姥爷。那时姥爷在韩国经商，做到他们那个区的中华商会会长。姥爷有个小老婆，小老婆生不出孩子，想让大舅留下来做她的儿子，她为他做新衣，为他买东西，想让他叫她一声妈。大舅就是不肯。姥爷便发脾气骂了大舅。大舅一气之下就跑回山东老家。大舅无论是软弱的时候还是骨头硬的时候做出的抉择都和富贵无缘。大舅太爱生养他的母亲，太爱生养他的故乡，他也就只能成为沈阳一家工厂的工人，领着微薄的工资，住着简陋的小屋。倘若他能活到现在，那他也能得到一个抗战老兵所应有的敬重，我想象不出他会怎样地不知所措。

大舅年轻时是那么的帅，因为皮肤黑，就有了"黑美"的雅号。那年他穿着国民党军装在沈阳大街上走过，被一个资本家的女儿一眼相中，后来真的嫁给了我大舅，成了我的舅妈。这又为他"文革"一劫添了砝码。本来他也许就逃过了"文革"一劫，毕竟他只是一个小兵卒。都是国民党军服惹的祸，大舅一定是觉得那军服太好看了，所以他藏了一套。连我也觉得国民党军服好看呢，撇开政治因素，用审美的眼光看，现在那些电视剧就是佐证。时光荏苒，用当今的眼光看依然不过时。不要说帅气的大舅，就是中等之质的人穿上也立马变作顶级帅哥。何况这军服让大舅

得到一个老婆呢。或许大舅只是为着节约,舍不得把东西丢了,大舅说那料子好着呢。大舅把国民党军服穿在里面,外面罩上衣服。那是个什么年代呀?多少人金睛火眼到处寻找阶级斗争新动向,大舅一下子成了人眼里的猎物,那猎人的眼睛一定是兴奋的吧?大舅怕连累我们,"文革"后他才说出这些事情。

舅妈曾说起过他们的相遇,那天阳光在大舅的脸上流过,她看到了一种美,一种君临一切的男性之美。可是现在,死亡君临了一切。

3

大舅走了,我的母亲更寂寞了,谁也不能替代母亲心里的忧伤。那一刻我记下了母亲的心痛,母亲的心痛是那种暗自神伤的,看上去很平静。说破了,那是一种无可奈何,一种有思想准备的心痛。是的,我的母亲早有思想准备,这可从家里那只鸟那条鱼得到验证。家里养了两只色彩斑斓的虎皮鹦鹉,用一个鸟笼装着吊在院子里,它们上蹿下跳很活跃。屋里的桌上还养了一缸小鱼,也是色彩斑斓的,用母亲的话说就是"金翅金鳞"。后来鸟死去一只,剩下的一只孤零零的,不再是活泼的了,常常一个姿势保持很久,有时勾着头不知是真寐还是假寐,叫声也显得凄凉。再后来鱼也死得剩下一条,悄没声息地游着。父亲说它们太孤独了,父亲几次说要再买些鸟买些鱼来给它们做伴。母亲对父亲的这种怜悯很不以为然，母亲理直气壮地说，人到时还得孤独呢，何况鸟和鱼。母亲的话不无道理，夫妻两人总要先走一人。大院里的老Ｎ头像鸟一样忽然去世，人都说是被他的老太婆气死的，我确实不止一次听到他们吵架，都是老太婆的声音，嗓门很高气力很足。现在老Ｎ头走了，那老太婆也蔫了，像我家那只孤独的鸟，不再有动静。

母亲对人生的结局有了心理准备恐惧就少了。我想不出，母亲对死亡的坦荡是经历了怎样的一个过程？一个人常常地想到自己离死亡近了，那是与死亡短兵相接的交战。我从未替母亲设身处地地想一想，因为我不敢想这个问题，不敢在这个问题上哪怕停留一分钟。不敢把那巨大的猛烈的痛苦提前支取。

母亲对于生更恐惧些，在她一只眼睛忽然看不见那一刻，是她自己跑到医院，没有告诉我和我小弟。用"跑"来形容我的母亲实在残忍，她有一条腿不能打弯，那年骑车摔坏了，手术失败后那条腿就残废了，那时她还只有四十来岁，她是那样的不甘，总是在梦里飞跑，梦醒一次她就得从梦中跳伞一次，从梦跳到现实里，没有一次是成功着陆的，因为她每一次都清醒地看到自己残废了的腿。这些年干休所的老太太们一个接一个地拄起了拐杖，而母亲早已习惯了这个姿势，只是前些天，她的那条好腿也坏了，唯一支持她身体的那条腿坏了，现在还要加上一只眼睛。我想她一定非常恐慌，一定是大难临头的感觉。她对生的恐惧是源于她怕拖累了我们，她从来没有养儿防老的概念，她只想为她的孩子付出。大难临头的感觉都是来自于劫难的开初，久了也就习惯了。母亲在医院打了近一个月的吊针，直到两手被针扎烂，乌黑青肿，再也找不到血管了，任凭针技再高超的护士也无计可施，才作罢。

4

看尽了死亡，死亡就不那么令人害怕了。太过频繁出现的东西容易让人习以为常，死亡已经变成了一件寻常如一日三餐的事。于是父母开始在饭桌上谈身后的事，母亲已经开始准备身后事了，母亲怪父亲改变了主意，母亲攒了钱要为自己和父亲买一处墓地，生命的纪念仪式是可以理解的，史铁生曾喊出"复杂的必要"，这是他在寻不到母亲当年下葬的地方时的感慨。如今，承载生命纪念仪式的那些土地，早已被"走了"的人共同养肥了，寸土寸金了，使得这个纪念仪式有点奢侈有点无奈。父亲确实变卦了，他说，我死了就烧了，骨灰就随便埋在院子里的树根下得了，不要建什么墓。完全的极简主义腔调。后来还真有了树葬，而且在国内一些殡葬业人士看来，树葬是众多环保葬的方式中首选的一种。父亲是个无神论者，但晚年也开始祭祖宗。父亲改变主意是不想让后人每年为他为扫墓而奔忙，这些年他听说清明扫墓时路上人太挤，父亲就记住了这事。我原以为父亲是不大为别人着想的，以为父亲不像母亲那样体谅我们，看来我错了。我的依据是父亲住院有时不反对我们给他送点饭去。而母亲是坚决不要我们这样地累,她顿顿都吃医院的饭。

死亡倒是越来越令我们这些后辈们恐慌了。其实在很长的时间里我是遗忘了死这件事的,或是觉得还很遥远。那些头七、三七、五七祭的事我一概不知,我甚至没有参加过一次清明节的祭奠,我对死亡和死亡有关的事情太陌生了。这些年父母的身体衰老得厉害,父亲频繁地住院,我也越来越多地陷于一种恐慌中。父母居住的干休所里的老人,一个接一个地走了,我才想起死亡离我很近了。那天我回干休所,看到父亲在大院里坐着轮椅的侧影,正想着招呼他,定睛看时,原来只是一个跟父亲长得有些像的老人。我心里一凛,满是悲与喜,喜的是我的父亲依然陪伴我于这世间,悲的是,倘若这情景出现在他那人生结局之后,我该会怎样的伤心。我知道结局是铁定的,但我不去想,可我问安的电话总是显得口气不安,常常掩不住我的提心吊胆。我害怕失去他们任何一个,没有父母陪伴的世界该是多么凄清空落。

在遗忘了死的那些年月,就好像要活几辈子,竟有那么多的斤斤计较、不原谅、不宽恕。有好些日子我总是梦着同一个地点的梦,就是父亲进干休所之前的军营虎岚。根据弗洛伊德所说梦是人的潜意识,我用了好几天的时间研究我的潜意识。在虎岚的时候,我的儿子刚降生,我的父亲母亲都还不老,一切都还来得及,无论是相夫教子还是孝敬父母。生活还没有见证所有的失败,所以我想回到从前,回到还来得及的时候。我甚至梦到我被人劫持离开虎岚,被关押在一个别的地方。我就一次次地谋划越狱回

到虎岚。整个梦都是惊心动魄的，怀旧的人就是被岁月劫持的人，不能回到从前的人。

5

被空出来的门球场也无法回到从前，后来索性植了草，绵软的细叶草规整划一，场子建得很漂亮，有花坛、雕塑和供人栖息的凉亭、桌椅，还有健身器械。渐渐地打不动门球的老人也无力使用健身器材了，他们依然扎堆到这里来坐着聊天，有步履蹒跚的，有坐轮椅的，毕竟这里有着老情怀，如同一个圣地。有更多的房子被空出来。有的孩子不愿住在这里的，房子就这么荒废着，没人住的房子有倾颓的迹象。也有继续住在这里的老干部的后代，所以不时有年轻人在这里活动。一天，门球场又热闹起来了，几个年轻女子站在场子中央说话，身边是她们的小孩子，几个小孩子在场子里疯跑，一会儿追逐，一会儿从坐在石椅上的老人们身边绕膝而过，老人们的眼里都或多或少有了欣慰之色，欣慰地望着孩子们，孩子们的笑声尖叫声填满了偌大的门球场，并溢出门球场，传到很远很远的地方。

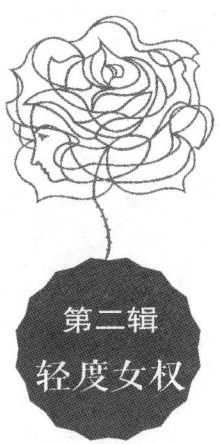

第二辑
轻度女权

口红

口红，之于女人是多么美好的东西。一支口红，润泽鲜亮的红，多么有力量的妖娆，让女人瞬间变美。呵，女人是多么的聪明，暂且让口红替代自己与光阴纠缠。

我先是从一部影片认识了一位聪明的女人。已经记不得片名了，是80年代初进口的片子，作协内部播放的，说的是一个出轨的男人，依然爱着自己的老婆，我想，这都是因为口红。影片中的一个镜头：一天早晨，刚起床的男人坐在床上看着正在镜子前涂口红的妻子，她看起来那么坦然，动作那么自如，她只涂上唇，那好看的弧形轮廓就被渲染出来了，然后再将上下唇轻轻一抿，这样微微的动作，胜过了多少刻意的千娇百艳。男人看着看着，就情不自禁地说出："我爱你"3个字。我没有听他对他的情人这样说过，在这点上，他是诚实的。是的，他有情人，就在几天前他出轨了。

他看起来像是被引诱，被情欲引诱，那是个心里藏着烈焰的女人，那女人很刻意，她引领男人在电梯里做爱，在厨房、在一切对于做爱很新鲜的地方。她想把这男人搞定，占为己有，但却

败给了一支口红。他的情人没涂口红,他的情人不知道口红的奥秘。而他的妻子,因为口红,战胜了她,捍卫了婚姻,口红不仅仅是静态的美,还能赋予涂口红的女人一种动态的美。我就是这样认为的,因为那男人说出"我爱你"不是因为女人贤惠的内容、亲情的内容,而是因了她涂口红。

这部影片让我知道,口红使情感的性质不同了。口红之于女人是多么至关重要的呀,影片越到后面我越是深信不疑了。他的情人得不到他,愈加疯狂,她向男人谎称自己怀孕了,她还化妆成家政服务员等角色进入他的家庭,可是她都没有得逞,男人躲着他,离她越来越远。她最后铤而走险,抄凶器闯入男人的家里,被男人和他的妻子联手击毙在浴缸里,她大瞪着双眼死去,以致我想到"死不瞑目"这个词是多么形象。她大大的眼睛里,我看见鲜花一寸一寸地枯萎了,最后,鲜血一汨汨地从清澈的水里冒出来……我一直觉得她是被口红杀死的,她以红色的血来对抗血液的红(口红),结果,血液的红胜过了红色的血。

80年代初,是两个不同时代的交替,那时我已参加工作,商店化妆品柜台开始有了口红,但看的人多,买的人少。从一个表情贫瘠的年代过来的我,渴望一支口红。我几次在柜前流连忘返,终于鼓足勇气买下一支,镶了金边的朱红外壳煞是好看。我天天带在身上,却一次也不敢涂,那时,除了海外归侨几乎没人敢涂,那时,满大街素面素唇。虽然我不敢涂。但我却天天随身带,一次,不小心那支口红竟从口袋里滑落出来,掉在我们化验科室的地板上，像一件贼赃一样暴露在众人眼前，有晴天霹雳之感，全科室人目瞪口呆。一位同事明知故问："这是什么东西呀？"我顿时结巴，嗫嚅，我恨不得有地缝钻进去。我们医院的一个前卫的护士第一个涂了口红，那勇气就像第一个吃螃蟹的人，人们背地里骂她妖里妖气。春天里开放的第一朵花总是容易凋谢的，因为初春总是乍暖还寒。

改革开放对我来说不是年代的划定，是从唇膏抵达嘴唇的那一刻算起，也就是涂口红不被当作资产阶级小姐的时候。我记得我第一次涂上口红，走在大街上，阳光是那么的明媚，我的心情也是那么的明媚。印象最深的是一个香港回来的朋友送我一管口红，绿色花纹的塑料外壳很好看，我珍惜地收起来，待到要用的时候，发现里面的唇膏也是绿色的，很惊愕很失望，我拿给同事们看过，他们都觉得奇怪，一同事说国外同性恋的人都把嘴唇涂成绿色或黑色的，莫非我这香港回来的朋友也是个同性恋？我们都这样怀疑她，她后来到我单位找我，我都有意躲着她。一次，我们科室男同事要去吓唬一个他喜欢的护士，就借我的口红用。他躲在窗外，见那护士来就胡乱涂上绿口红，戴上帽子，然后把脸贴在玻璃窗上装猫叫，没想那护士叫着他的名字说："你出来吧！我早看见你了。"当他站在那护士面前，护士只说："你最近上火了吧？嘴唇那么红！"男同事觉得蹊跷，就去照镜子……这之后，我们这些老土才知道那叫变色口红。我当时觉得这件事太神奇了，绿色的，明明是绿色的，但涂在嘴唇上就变成了红色的，玫瑰红

色的。直到现在我也不知道这变色原理，但那巫术一般的，魔幻一般的绿，时光荏苒我亦不能忘记，不能忘记一支变色口红。

　　谁都知道张爱玲用她的第一笔稿费买了一支口红，有女作家推断，说按张小姐的品位那一定是一支露华浓或蜜丝佛陀牌子的，不太会是国产。说在唇膏这个产品上，上海女人绝对是崇洋媚外的。由此看出，口红在女人的化妆品中的重要地位。现在的女人拥有一支口红太容易了，各大商场化妆品店摆着各种各样的口红，什么美宝莲的、欧莱雅的、雅诗兰黛的、香奈尔的应有尽有，颜色很宽泛，有纯黑、纯白、深咖、紫惑、粉嫩，等等，各种肤色都可根据自己的需要选用。我一直用着美宝莲的，后来看一女作家的文章，才知道美宝莲原来只是贫民阶层用的。看来口红是有阶级的，女人的成分需要口红来划分。

　　我的一位朋友，她做保险员，培训时老师就对她们说："你们可以不施粉黛，可以素面朝天，但至少要涂口红，只要涂了口红，就能让整个脸盘光鲜起来。"这就是所谓的画龙点睛吧。涂口红是女人最擅长的行为艺术，口红能使女人靓丽起来，让身体变成花朵。也能泄露女人的秘密。我单位一个女同事的外遇被她丈夫发现，切入点就是女同事忽然涂起口红来，让丈夫怀疑。另一个不涂口红的女人发现了丈夫衣领上常有口红，于是卧底捣毁了丈夫婚外情的老巢。据说近年美国最新推出一款情欲口红，说涂上这款口红的女子，一旦情欲高涨，口红便由浅色变成深红色，她丈夫就可以知道妻子的需要。我想这也是可怕的，一个人内心的情欲被暴露在光天化日之下，该是多么难为情？也难怪，现在就是个露癖的时代，女星们不是都时髦裸装吗？

　　这些年，由于我在家养伤，口红用的少，基本成了一种摆设。这些年由于我不节制的悲哀、绝望，致使我的面容被毁坏到惊人的地步，不是一支口红可以扭转的。更糟糕的是我开始脱发，一个头发稀疏的老女人唇上的口红，是更加凸显她的老丑与颓废的。疾病是时间的稀释剂，也稀释了所有的人造红唇。来看我的人都说我的痛苦写在脸上了，病色比口红更艳丽。她们看到我的憔悴，就说人像花一样容易凋谢。是的，无论是鲜花还是塑料花都经不起这样长时间的风吹雨打。上帝是向我这个过度关注外表的人敲了警钟，提醒我，有比外表更重要的东西。健康和内心的东西远远超过了外表的一切。也只有在病中，看叶芝："爱你衰老了的脸上痛苦的皱纹。"看杜拉斯："我更爱你倍受摧残的容颜。"才有所感悟，才知道一个人健康着老去是一件多么奢侈的事。外国人选美早就注重知识和才能品性等等，美丽的内涵很宽广。口红，之于女人是美好的，但不是最重要的。回过头去看，影片里的那个女人也并非被口红杀死的，她是被自己内心的某些东西杀死的。

半截牡丹

老宅里的明艳与幽暗

老宅是清风冷月滋养的，厚重的阴霾搁浅了阳光。这样的暗色调晕染了我老宅子里的童年，连院子里的枣树和蝉鸣，檐罅瓦垄上的狗尾巴草也裹了这黏稠绵软的阴质，老树寒蝉衰草，魂销了去似的。老宅向晚，旧式的红漆雕花座钟从岁月深处传出咚咚的声响，精灵狐怪们便从旮旯冥晏处腾一袭紫烟，弄影于诡秘、幽蓝的灯盏，我便潜入被窝蒙了头，听姥姥讲那些恐惧又蛊惑的传说。

老宅常有黄鼠狼出没，说黄鼠狼会附体，迷惑魂魄。村人惧怕。村子里一村姑忽发怪病，口出男声谵语，家人毛骨悚然。请来跳大神的，说是冲撞了黄大仙，即黄鼠狼。一番焚香作法后，家中果有黄鼠狼窜出。

清朝末年，姥姥一个远房亲戚在王爷府做大厨，回乡后送与姥姥一把酱料壶，壶口处卧一只金蟾蜍，倒酱料时蟾蜍嘴便张开，酱料从嘴里潺潺而出，壶身竖直，蟾蜍嘴自动合拢。据说若酱料有毒，蟾蜍嘴里还能发出鸣音。姥姥不是个爱惜东西的人，就那么随便地搁于灶台，家里常有外人来，有一天发现那壶不见了，姥姥怀疑隔壁的酒鬼偷了去。说也奇怪，大年初一凌晨，姥姥打开厢房门，宝物安然无恙地立于地上。后来，酒鬼醉酒后说出，他把宝物藏在床底还未等出手就不见了，便感叹，宝物要随了那有福的人！姥姥说是黄鼠狼所为，说是那夜听见黄鼠狼铿锵行动的声音，有黄鼠狼爪蹄印为证，姥姥更是对黄鼠狼敬畏有加，焚香时口里念念有词，说一些感激的话。遭荒年，姥姥带着全家闯关东，还亏了那宝物换得粮食保全性命。

长大后的我看过两则报道，一则说黄鼠狼几年来为一庄户人家看守鸡舍，恪守职责。另一则说科学证实黄鼠狼能发出一种气体控制人的神经，不论真假，但黄鼠狼证明了灵性并非人类独有。黄鼠狼给老宅增添了一份神秘诡异，也使我的童年深不可测。

我四五岁时，胡同口的一家老宅翻新了。那个缥缈的夏末晌午，暮蝉长鸣，庄子沉寂，我迷失在时间的迷宫里，从姥姥家到那人家的路于蝉声里虚幻成一个昼夜的距离。那场景记忆犹新，院子里一溜大玻璃窗，绿窗棂下种着红玫瑰，大朵的阳光飞过来，到处都是明晃晃的发光体，这里太明艳了，一伸手就能触及它的火焰。仿佛全是白昼，永远没有黑夜的骚扰，也没有幽灵和黄鼠狼的藏身之处。倚在凉椅上听故事，故事也是明亮、阳亢的。总觉得没了黄鼠狼的老宅就如同有古刹无高僧，有红粉无佳人之境。

我从姥姥家幽暗的宅子里来，仿佛从夜晚进入白昼。我很快

又怀想那些在幽暗里孕育的东西，又想回到原来的幽暗里。我小的时候总是这样，每每吵着来，一会儿又吵着回去。长大后的我到了更明艳的一座南方的城市，就再也没有离开过。这里日照时间长，四季如春，它的硬度和光泽结出我失眠的果子。我越来越想念老宅，只有它的笼罩、遮蔽、安泰能照亮我的梦。人其实是不能在一种状况里待得太久，即便再好。如果人只能选择一种状态，我不知道我该选择明艳还是幽暗。

老宅子里的女人

每座老宅子里都有女人的故事，那是老宅的灵魂。

姥姥骄傲地告诉我她名叫"吴金花"，多美的名字。那个年代女人是没有名字的，只在姓氏后面加个氏，谓之吴氏、王氏什么的。千古红颜大浪淘沙，能在历史进程中留下点什么的女子，莫非极少的宫廷后妃与青楼女子，其余的都寂寞地在自己的小天地碌碌地消弭了生命，连个名字都没有留下，只在族谱中写下某某氏。正是这些铺路卒子般的某某氏们的故事，于士庶僧徒孀妇之口述中、坊间流传下来。

天性倔强的姥姥小时不肯好好裹脚，总是偷偷地放开缠裹布，终究没能炼成三寸金莲，只得嫁给比她大19岁的我的姥爷，有位女作家说，一个女人逃不出她所处的时代对她的要求。这话不假，倔强如我的姥姥也不得不对自己的大脚耿耿于怀，她最怕庙会，那也是大姑娘小媳妇的赛脚会，人家都是粉缎银绸裹着三寸金莲，而我的姥姥八寸大脚踏一双大莲船。可美丽的脸蛋和一双大脚的反差，也使她名声在外。庄上没人知道吴金花是谁，却没人不知道"半截牡丹"是谁，尤其那些男人们。赶集或是走亲戚，驴背上我的姥姥总是盘着腿，把一双大脚掩藏起来，男人们远远见了也是要嚷开的："快看呀，半截牡丹来了！"

那时，女人的脚是不容玷污的，一如私处。庄子里一个脸丑脚小的女人，路上被邻村一男人强行脱了鞋，摸了脚，就像今日的强奸吧？有今人说，真搞不懂那时的男人怎么会有那样的审美怪僻。看来，男人同样逃不出他所处的时代对他的要求。两个村子的械斗因此而起，三寸金莲中的极品能引发一场男人之间的血光之灾，三寸金莲犹如特洛伊战争起因的海伦。人说小脚里头藏着一部中国历史。古人云："自古风流茶说合，酒是色媒人。"其诱惑力都不及一双三寸金莲。《水浒》里的潘金莲与西门庆勾搭成奸，有一处很显眼的描写："也是缘法凑巧，那双箸正落在妇人脚边。西门庆连忙蹲身下去拾，只见那妇人尖尖的一双小脚儿，正跷在箸边。西门庆且不拾箸，便去那妇人绣花鞋儿上捏一把。"后来我看拍成电视剧的《水浒》里也有这镜头，这个细节很关键，西门庆这一捏，潘金莲没有说"不"，于是他们的关系就小溪遇长江地汹涌澎湃长驱直入。当我问及我周边的人，西门庆捏潘金莲的脚是什么意思？没有人能回答这个问题，我很惊讶，这么近代的中国史都不了解？但在老宅里住过的人就不同了，在老宅里住过的

人就比别人多活了一辈子。

我那做经纪人的姥爷很精明,在一笔大生意中赚了个盆满碗溢,便一路顺风顺水去韩国发展了,短短几年他便在韩国忠南燕岐郡一带坐稳了中华商会会长的交椅,开了好几家的商号。按说我的姥姥该享清福了,可姥姥不肯离开老宅到韩国,老宅是她的根,她没有享那繁华世界福分的命。姥爷便娶了漂亮能干的小老婆,也许这只是姥爷讨小的借口。那王宝钏寒窑苦守18年,离开寒窑当了正宫娘娘,不几天就死了。她的根不也在寒窑吗?

兵荒马乱的年月,姥爷和家人断了音讯。姥姥带着母亲、大姨、大舅来到举目无亲的大连,据说我的大姨长得很漂亮,又正值豆蔻年华,火车上那些二鬼子贼溜溜的眼睛让我的姥姥受惊不小,她责怪大姨不该穿黑衣服,显得皮肤更白皙了。到得大连,孤儿寡母陷入困境,住处漏风漏雨,天天吃橡子面。橡子面又苦又涩,难以下咽,吃得大便都拉不出来。那时的老百姓把汪精卫的组织,也就是汉奸,统称为二鬼子。那天,母亲正要去买橡子面,附近住着的那个二鬼子问她:"小鬼,你家不吃豆腐吗?"母亲说吃呀,就是买不到。他带着母亲去了一个食堂,用只能买一点点橡子面的钱买了一堆豆腐,盆子装不完,母亲把衣服脱下来兜了。能吃到豆腐,一家人高兴坏了。后来,多亏一位经商的乡人相助,不但腾出自己的一处房子安置了他们,还慷慨地送来钱和生活物品,嘘寒问暖十分殷勤,直至乡人托人来说媒,要娶我大姨做小,我姥姥才如梦初醒,愤慨地说:我的女儿死也不能给人做小!姥姥没有想到她竟然一言成谶。无奈,全家人又返回老家。美人是更难苟活生命于乱世的,一个兵匪半夜闯入要糟蹋大姨,全家人给他磕头下跪,最后,兵匪叹口气走了。躲过这一劫后,再有兵匪来,大姨就越窗躲进两堵墙之间的一个夹道里,那年冬天的夜里她又在夹道里躲过了一次兵匪的搜查,却被冻得说不出话来,自此一病不起。黄土陇头下,姥姥在白发人送黑发人的悲绝里悔恨:要知道这样还不如让她做小得了。

大舅本来有两次改变命运的机会,一次是十几岁到韩国,姥爷是要把他留在韩国的,因大舅不肯叫姥爷的小老婆一声"妈"。姥爷对他大发脾气,大舅一气之下就回国了。

大舅长得帅,又写得一手好字,被招兵的拉了去做文书,那年,他穿着国民党军服,戴着墨镜走在沈阳的大街上,被一个资本家的女儿,也就是我后来的舅妈一眼看上,可是她家里不同意,因为我姥姥家已经很穷了,舅妈的父母来看大舅,那些当兵的就弄来很多东西放在大舅的房间里做排场骗过他们。后来舅妈问大舅,那些个大包小包都是些什么东西?大舅说他也不知道。1949年国民党败逃台湾,他本来已经上船了,可他忽然又从船上跳下来了,因为他想家,想那老宅里的母亲。"文革"中他因当过国民党兵,屡次被批斗。

庄子面山环海,交通便利。得天独厚的地理位置也滋长了男人们闯天下、走四方的野心。这里的男人们去烟台,下青岛,闯大连,还有的漂洋过海去了韩国。留下了女人守驻老宅,成了留守女人。不知道有多少老宅子里的女人在那些月明如水浸楼台的孤寂长夜里，演绎了那个穿越了半个世纪的故事：夜幕降临，将竹筒里的铜钱撒落地上；灭了青灯，再将其一一如数拾起，以此排遣孤独时光和难耐的欲火。姥姥的小姊妹李氏，她男人青岛跑买卖带回了姨太太，那风流袅娜的城里女人把个老宅里的李氏比得一落千丈。李氏不言语，还鞍前马后地侍候着，闻鸡即起第一件事就是为男人和姨太太做早点，第二件事就是为他们倒马桶。而此时她的男人还在和别的女人红花帐底卧鸳鸯呢。她男人和光鲜的姨太太跷着二郎腿抽大烟时，李氏却低眉顺眼地洗碟子，端菜盘。姥姥骂她贱骨头。李氏说，我也不想做贱骨头，可我又能怎么做呢？李氏的公爹心口痛病经常发作，李氏总是护心哈热地侍候着，她男人有时也会对李氏说上一句"辛苦你了"，李氏就哭："你放心吧！你自己也要保重！"这哭声里含了一个女人多少的痛呀？他的男人能听懂吗？

李氏原本也是庄子上数得上的美人。当初，她男人娶了姣若春花的她也是欢喜得不行，宝贝儿似的宠着。她男人的伯父在青岛做买卖，两年后伯父在生意上有了起色，让他过去帮忙。自从去了青岛，又有了钱，男人的心就变了，出入秦楼楚馆，沉醉于绿酒红酣的日子，两年后就把姨太太带回了家。

公爹病好之后，李氏忽然打扮起来，本来就干净的她，把自己收拾得越发干净了。还为自己做了两身漂亮衣服。村人笑她癞蛤蟆想变天鹅。她对姥姥说，我算看破了，我一向节俭，男人赚了钱却去讨小，我也不能太亏待自己了。

数年后，她男人又娶了两房姨太太。可怜李氏像一条被冰冻起来的鱼，所做的一切都付之东流。说来也怪，她男人正当如日中天，忽然变卖了所有资产，打发了姨太太，回家跟李氏安安心心过日子了。去似朝露，来如春梦，谁也弄不清这其中的缘由，多少有点儿像后来看到的电视剧《橘子红了》。有一男作家批评该剧不实，说只是女作家写女人不现实的理想罢了，说男人的心一旦出轨就难再回了。我说浪子回头总归有，我比你更了解老宅子里的男人。那些沉湎于外面世界的男人，那灯红酒绿的喧嚣，也是羁旅的，驿站的，终有疲惫的一天。老宅的呼喊便带了暖意和归属的安宁漫漶于心。

也许是性格的使然，姥姥并不喜欢李氏的大度和所谓的美德，在她看来那更多的是伪装了的屈辱与献媚。姥姥喜欢的是小安氏，喜欢她的自强。

小安氏和她的姐姐大安氏出自寒微人家，幼年便父母双亡，寄养在叔父家里。那年，大安氏16岁，小安氏14岁，一同被卖到千里之外的这个庄子来。买大安氏的那个男人已经死了一房女人，她是来续弦的。家境还算富裕，只是这家人家在庄子里是有名的刻薄人家，据说前面的老婆是被男人打死的。反正大安氏整日被关在老宅里，偶尔外出也只见她愁眉苦脸。只一年多就暴病死了。孤苦伶仃的小安氏哭得泪人一个。大安氏死的那天早上人还好好的，小安氏还去了她那里一趟，那时，大安氏正在哭，她

偷偷地告诉小安氏，说是早上给起早的公爹做面食，公爹一边吃一边骂，骂大安氏不会持家，不懂节俭，放了那么多虾米。大安氏说她根本就没放什么虾米，男人听了就过来给了大安氏一巴掌："再叫你犟嘴！"天亮后，大安氏发现碗底残汤里漂着一种像蟋蟀的小虫子，因为家里节俭不让点灯，她也没洗锅，摸黑把那虫子也煮里面了。

多年后，小安氏从她姐夫又续弦的女人嘴里听到一个令她震惊的消息，说姐姐是被禽兽不如的姐夫用烧红的铁棍捅进下身而死的。小安氏听了后脸上没有任何表情，只是默默地走开。

小安氏亦是命运多舛。小安氏只因嫁得马姓家族，受尽欺辱。她嫁去的那一年时逢灾年，宗族里人说是她的姓氏给马姓家族带来了厄运，"安"于"鞍"同音，鞍是安在马之上的。女人在上了，这样的霉气让马姓永无出头之日。于是，她和丈夫被驱逐到村口的破庙里，丈夫一蹶不振，日日沉湎于大烟土，还把这口气发泄在小安氏身上，说她是扫帚星，动不动抓了头发往墙上撞。小安氏擦干了眼泪，用她那清澈的眼睛寻觅着随时与命运抗争的机遇。为了多挣钱，她壮起胆子去给死人守夜。这是胆大的男人才敢做的事，停尸的地方都在村口荒凉处。

那次守夜，天黑风高，野狼嗥叫，连那盏守夜的灯火也阴森如魅。她恐惧不过，击缶而哭，把外村人也引来了，马氏宗族也因此遭人唾骂。却感动了她的大烟鬼丈夫，他羞愧难当，于是，浪子回头戒烟外出做事。一年后，丈夫不但没有发迹，还被人诬告，银铛入狱。小安氏重操旧业。一次，死者停尸数日，盖棺前家属正烧纸钱，那死人竟然于棺椁里坐了起来。还说："你们这是给谁烧纸呀？我饿了，快送我回屋！"所有的人都吓得仓皇逃命，一边跑一边喊着："不好啦！死人起尸了！"庄户人所说的"起尸"就像现今电视剧里的僵尸魔怪，已经相隔阴阳两界了。很快，有人找来一个做过二鬼子的，据说杀过很多人。那二鬼子一巴掌就把他又打回棺材里去。还说，我杀的人多了，还怕你这鬼？

闻讯赶来的小安氏硬是挡在了那二鬼子面前，小安氏说服众人嗓子也喊哑了，衣服也撕碎了，还给那个二鬼子下跪了。说那人不是死人起尸，也不是鬼，是复活。庄里人第一次听说了"复活"这个词。小安氏听过邻村一个同样给人守夜的老头说过类似的事。有村人附和说是阳寿未尽，阎王派小鬼又给送了上来。小安氏救了那人一命。一年后，那人的弟弟在军队里当了一个大官的警卫队长，很得大官赏识，大官听说了他哥哥的事，觉得新奇。找了机会和他一同来看望他的家人。前呼后拥的排场很威风。那大官还特地见了小安氏，当着众族人夸她有勇有谋。小安氏当即给那大官下跪，求他搭救狱中的丈夫。那大官也是个爽快人，对小安氏说，你救了我部下家人的命，我一定会尽力而为的。果然，一个月后她丈夫就被释放了。大官离开两天后，小安氏的姐夫被人打死了，尸体扔在乱石岗上。村人都说是那大官帮小安氏报的仇，但没人敢问，成了一个永远的谜。

后来，小安氏的丈夫闯关东在大连经商，渐渐地混出了头脸，

在商界也算是龙吟虎啸的人物，富甲一方。最富的时候一整条街面的店铺都是他的。这其中她帮了丈夫很多忙。她丈夫还经营化妆品，丈夫为了感激她，化妆品的品名就以小安氏命名，谓之"小安氏化妆品"。标签上还有她丈夫的头像，据说穿着西装，很帅的。每次回庄上探亲，族内女子无论老幼，每人一份"小安氏化妆品"。晚年，丈夫去世。小安氏又回到了庄上的老宅里。那年，马姓家族为了扩建祠堂，特地来求小安氏给予资助。小安氏一口答应，慷慨解囊。

另一个让姥姥佩服的女人是于氏，她本是富户人家的女儿，父母掌上明珠地宠着。其实于氏其貌平平，对于前来说媒的又横挑鼻子竖挑眼，这样一耽搁，于氏成了老姑娘。那年，家里来了个小佃户，那个比于氏小了好几岁的小佃户精灵有趣，又长了一副书生样，于氏大有遇知音、逢可人之感，一下子就迷得神魂颠倒了。他们私定终身，平日里眉来眼去，父母察觉了，要解雇那个小佃户。于氏便装出一副寻死寻活的样子，还要绝食。就在她父母举棋不定时，于氏与小佃户私奔了。他们投奔了百里之外小佃户的一个远房亲戚，来到这里，于氏一下子就喜欢上了这个山清水秀的地方，还有解脱了的那份父母过分溺爱的束缚，让她感到轻松。她变卖了带来的细软，和心上人安顿了下来。很快，生活的拮据让她一筹莫展。小佃户不忍心她跟着自己吃苦，想让她回去。她把小佃户臭骂一顿，然后跟着小佃户一起去给东家做活。

几个月后，她父母寻将来，看到女儿又黑又瘦，手粗皮糙，伤心地哭起来，对于他们的事，生米已成熟饭，也只能接受。父母要接他们回去，让小佃户做上门女婿。于氏却舍不得离开这地方了，父母只好留下一笔钱走了。于氏拿出些钱开得一爿小杂货店，还让小佃户去学了一门木匠的手艺。从此，小佃户成了小木匠，也常外出做活计，三五天半月不回家是常有的事。于氏也成了留守女人。但只要小木匠回了家，一准被她管治得服服帖帖，以至庄子里大男人们时常于酒余饭后拿民间庐舍怕老婆的笑谈来调侃小木匠。

同样是留守女人，姥姥自叹弗如。那时，于氏家在庄上已属富户。兵荒马乱的年头，兵匪祸乱频繁，于氏藏金条和粮食于老宅安然无恙。那于氏说来厉害，她自幼进过私塾，粗通武术，能使双枪，还智勇双全。她不但能把男人管制得服服帖帖，还曾巧妙地护身避难于胡尘狼烟的乱世。一次大规模的兵匪路过，村人得到消息已晚，择路遁逃来不及了，整个村庄遍遭重创，家家户户能吃能穿的都被洗劫一空。姥姥只在锅灶灰里藏了些干粮，而于氏家竟然颗粒无损。她不是急着掩藏东西，而是弄乱，撒儿把粮食于老宅子的院门内外，她就坐在撒满粮食的地上号啕大哭："把什么都抢光了，还让人活不？"兵匪见状连门也懒得进了。就这样藏锋掩机地演绎了一场空城计。

解放后，那于氏摇身一变成了政府里的人，把老宅子的女人们个个馋得眼红。一打听才知道她不但藏得金条、粮食，还藏过

人，一个解放军的伤员。她并非懂得大道理，没有被拔高的所谓革命襟怀。只是跟地下党妇女主任交好，算是帮朋友两肋插刀。解放后，经妇女主任介绍，就到了镇上做了政府里的人。

如今，老宅和那些往事已随时光远去。现代化的进程中老宅所剩无几，但老宅已经不需要存在的形式了，它已然是一种乡愁的高度。老宅，珮环声渐远，兰麝香仍在。

身体的隐秘之姿

A

我的身体是在一首歌中遽然打开的。从那个胆汁质歌曲的年代里猛一回头，一条大河，森严地划出此岸与彼岸两个不同的气场，魏晋分明。那是1978年，许多禁歌解冻了。隔壁人家喑哑了的留声机重又响起，播放着电影插曲《一条大河波浪宽》："姑娘好像花一样，小伙子心胸多宽广……"。郭兰英柔媚的歌声是我从未涉过的水，流进我身体里隐秘的荒部。我身体起伏、飞翔如轻柔花瓣，所有的往事都从远处醒来。也许播放这首歌的人和我心有灵犀，否则他又怎么一遍遍地播放呢？我泪流满面地坐在空无一人的庭院里，肆无忌惮地听这属于阳光、沙滩、玫瑰、红葡萄酒的歌。

曾经，身体是生命中不可承受的重。那时我们听凛厉、铿锵的语录歌、气壮山河的样板戏，看妇孺皆知的忠字舞。爱和美打上了政治的烙印，美是《红灯记》里李铁梅的浓眉大眼、咬牙切齿、气冲云霄的pose；是《红色娘子军》不爱红装爱武装的剑拔弩张。

那美就像李铁梅的名字,冷冰冰的铁,雪地里的花,洋溢着惨烈的杀伐。少女的情怀也被戗杀在永远的蓓蕾里。一个很男性的时代,连风都是硬的。身体更是注定不能绽放的花儿,强势的荷尔蒙也无能为力。我们把心暴露在阳光下,把身体留在黑暗里。

一切与身体有关的都是陌生的。"强奸",这个把身体和罪恶拉得最近的词,我第一次听见时是困惑的。我不知道它的意思,母亲和阿姨们围坐聊天,我偶然经过她们身边听见的。她们脸上的神秘和压低了的语调引起我对这个词的好奇。可我不敢问,追根究底的习性让我开始烦躁,那时,我们随军住在父亲的军营里,军营建在新开垦的一块处女地上,周边是茂密的绿野。我一个人坐在草地上胡思乱想着。没有红蕾花儿,也没有少年相伴。刚下过雨,空气里氤氲着草香气,远处有几只翩跹的蝶,葱郁的树木下有凤尾草、山栀子和粉色、黄色的野花,颜色纯净而浓烈,阒静也是纯净而浓烈的。

后来,看宣判大会,犯人胸前打着红叉的牌子上写着"强奸犯",这类犯人比"现行反革命"的人数多得多。同学琴告诉我那个词的意思就是男人把女人抱起来。这样的解释只能让我更困惑。学校里发生了一件事,两个男女同学相好,他们都是住校生,约好了周末不回家,在夜深人静时相会。是晚,那男同学黑灯瞎火地摸错了房间,凑巧那房里也只有一个女同学,他呼唤着他相好的名字扑过去抱住她。那女孩吓得哇哇大喊,把学校里正在巡逻的民兵也招来了,结果可想而知。其实那只是现今的早恋,那个年代也是有的，只是那个年代男女两个身体之间的距离咫尺天涯，没几人敢违反天条走捷径罢了。那男同学竟然成了强奸犯。这顶大得吓人的帽子，足以摧毁他的一切。我终于看到这个词的摧毁力，黑暗的，迅猛的。这都是身体惹的祸，身体是恐惧的，是地狱的入口，是不可吻的火。那时，即使谁说出"爱情"这样美好的词，听起来也像政变。

风刮起竹竿上女同学盖在衣服下面的月经带，我的眼睛就会亮起惊奇的光。那时，我许多中学女同学都已出落得如花似玉了，瘦瘦的我还是个毛毛涩涩的青杏。她们总是三五成群地说着悄悄话，如同战争年代地下党的秘密会议。她们谈她们的月经和初潮，羞涩的激情在她们脸上闪现，她们常常会因我的到来戛然而止。我本来就比同班同学年龄小，加上身体发育迟缓，意识里也晚熟。我在她们眼里就是一个彻头彻尾的，不谙世事的大男孩。我是寂寞的，仿佛她们流血的创面不是来自她们子宫内膜，是来自我的心底。她们散发出水果香气的身体吸引了我所有心仪的男同学的目光，我在她们面前是自卑的。我们这代人没有初恋只有暗恋，我在心里呼唤：男同学呀，看看我吧！我丑小鸭的身体里藏着一只美丽的天鹅。

成为一个女人的过程是痛苦的。一个人对身体的认识是需要启蒙的，琴就是我的启蒙人。生产"力比多"的器官隐匿着，寂寞着；其他器官却像野草般疯长，比如我的胃和我的食欲。我整天搜罗零食，最好吃的零食只有冬瓜糖和一角钱一个

的大饼,也不是轻易可以吃到的。军营附近的村子是侨乡,琴就住在那里,我常去找她玩。琴是高我一届的同学。她家左邻右舍时有番客(闽南人对华侨的称呼)回乡探亲,我们就有奶糖吃,或是喝上一杯白糖开水。我也带去一些琴需要的东西,比如白玉牙膏,1角8分的海棠香皂,或是又黄又粗的草纸。那时物质极匮乏,这些都是军人服务社才有的。我出身的优越感和其他人享受不到的物质生活,弥补了我对自己豆芽菜身子的自卑感。

那时,村子里漂亮的姑娘都是为番客准备的。哪怕歪瓜裂枣的,海外拾大荒的,照样掳走村里漂亮姑娘。阿仙是村里最漂亮的姑娘,我在琴的家里见过她,我很吃惊,农村也有这么漂亮的女人,她那鱼飞蝶舞的身子里分明藏着我的一个梦。她没有嫁给番客,她嫁给村里青梅竹马的青年壤。他们很恩爱,让人想到"只羡鸳鸯不羡仙"的《天仙配》。穷乡贫壤终归盛不下她天仙的容颜,在那个不能爱的年代,似乎上天也忌妒他们的爱情了。阿仙在南洋的哥哥想方设法为她办妥了出洋手续。阿仙先是不肯,她哥就教训她:"不要想那穷家乡会有什么变化,10年前和现在不是一样吗?"后来,或许是她自己也抵抗不了那个繁华世界的诱惑。穷则思变,变化就是希望,人不能没有希望。漂洋出海就是当时村里人最大的希望。那时阿仙和壤的儿子已出世,离别的日子一天天逼近,壤每天傍晚收工后抱着儿子哭,哭儿子就要没有娘了。琴告诉我,每天晚上壤必哭着摸遍阿仙的全身。我却颟顸地问琴:"他为什么要摸阿仙全身?"琴愣在那里不知怎么回答,琴就给我看打油诗,只看了前两行"一人孤枕难入眠/哥想抱妹怀里睡……"我心跳得厉害,一种朦胧的情感在我心底萌生。

阿仙和壤分别的那天早上,村人目睹了他俩抱头痛哭。然后,壤扛着锄头下田了。壤没有送阿仙上路,阿仙低着头走出了生养她的家乡。听琴说过,壤是帅哥,外表毫不逊色于阿仙。两个美的,循规蹈矩走到一起来的身体还是被拆散了。很多年后我才了悟,身体只是爱的载体,而财富是载体的载体。

B

我的审美观和那个时代发生了裂变,我发现心底最幽深的一角藏着一些让我恐惧的东西。我的审美商是被一张旧照片启蒙的,我在父亲的一本旧影集里看到一种浑然不同的美,一种让我心颤和迷恋的东西。那是一个女记者,她偏着头、挺着胸、刘海蓬松微卷,我对卷发有一种天生的迷恋,那种美是陌生的,缥缈的,神秘的。她没有那个时代正面人物高、大、全的特征,她的眉眼流溢着生动的水,清澈地照出了我的干涸,我被淹没了。我后来才知道那叫妩媚、风度、优雅、高贵。是气质,是属灵的美,不是属肉体的漂亮。

再后来我知道了照片后面辛酸的故事。女记者是父亲部下一个军官的情人,在此前军官已有了老家的对象,可他爱上了美丽

的女记者,他很苦恼。她找到父亲吐露了衷肠,却被父亲狠狠地批了一顿。后来,军官和老家的对象结婚了。婚后感情一直不好,军官又想起那个女记者,女记者也爱着他,他们偷偷幽会,军官发誓一定要娶女记者为妻。那时候谁敢背叛婚姻就要做好下地狱的准备,那军官一不做二不休,在一个月光如水的夜里,他把老婆推进了一口井里。事情败露了,军官被枪毙。女记者的下落我不知道。多年后我看到沃特豪斯的画《赛壬》,画面上美女赛壬望着为她而落水的人,手持七弦琴。图画下面配了解释,大意是说至美如同音乐是不可企及的。而我想到的是那张旧照片。我看到的是,对美的向往会让人落水的。画面里的水和一口井里的水,都是冰冷刺骨的。

我还爱看影片《千万不要忘记》里那个女主角,可她是落后的代表。我甚至迷醉女特务那样的妖冶,放荡不羁的美。这对我是极大的诱惑。几本私下里传阅的书,书里那些古代的、外国的美小姐都让我迷醉、心跳不已。可当时被称为小姐的是贬义的,是专指那些不爱劳动的、思想落后的人。那时我是矛盾的,痛苦的。我被自己如此反动的审美观吓坏了。

丑小鸭比白天鹅更渴望美。这渴望使得画画成了我的嗜好。我几乎每天都画,我画的是曾偷看过的禁书上的古代仕女。于是,作业本、草稿纸,以及大人丢弃的烟盒上画满了水袖飞舞、云鬓堆花的古典美女。每每看着她们,仿佛自己也美如春花秋月了。一次不经意地被军营的团长看到,他到处说,于主任的女儿画得一手好画，弄得军营里很多人慕名而来。我不给他们看，并非我低调不张扬，而是我的警惕性高，我知道我画的不是革命英雄，是弱柳扶风的小姐。纸包不住火，一次，我的一个女同学发现了，她立即向班干部报告，说是我画不好的东西，画封资修，画资产阶级小姐。据说还报告到了学校的工宣队。我恐惧极了，一连几天风声鹤唳，寝食不安。工宣队长很威严，很多人都怕他。我想象了无数次我在学校大会上被批斗的样子和做检讨的场景。我装病躲着不来学校。几天后没有风声，我悬着的心才放了下来。回到学校，那天课间操的时候我去井台打水，在高高的台阶上，我忽然发现工宣队长在不远处看着我，心里一慌，一脚踩空从高高的台阶上摔了下来，大脑刹那短路，瘦瘦的豆芽菜身子像是被抽空了。这时，一只大手把我扶了起来，那只大手是那么的温暖有力，当我的目光和他的目光对视，我惊愕，出乎我的意料，他竟然是工宣队长，那目光里同样是温暖的。我知道臆想中的危机过去了，我摔的这一跤其实是把自己从深不可测的水中救了上来，我一阵轻松忽然就哇哇大哭起来。工宣队长以为我哭是摔疼了，他慌忙不知所措了："不要哭！不要哭！涂点碘酒就好了。"我这才发现膝盖在流血。

我还把追求美的渴望寄托在照相上。我对照相简直如痴如狂，每个月都要邀上几个和我一样的发烧友到相馆去，半身的、全身的、侧面的、正面的，摆出早已策划好了的各种姿势，亮出蓄谋已久的各种表情，常常把个摄影师折腾得满头大汗。那时候工作效率差，每照一次相，都要等上个把月，那份焦急难耐，不亚于等待热恋中的情人。

C

想不到有一天丑小鸭也变成天鹅。1981年，我的照片被悬挂在新落成的照相馆大楼橱窗里。我以为我的脚就此踏上了此岸莺飞草长地，我追求美的脚步总是性急地迈得太快，我迫不及待地往前跑，我前卫的脚印不小心踩痛了春天里的第一朵花，初春的风乍暖还寒。那时我已参加工作，商店化妆品柜台有了口红，但看的人多买的人少。我几次在柜前流连忘返，终于鼓足勇气买下一支，镶了金边的朱红外壳煞是好看。我天天带在身上，却一次也不敢涂抹，除了海外归侨几乎没人涂口红。一次不小心那支口红竟然从口袋里滑落出来，掉在我们科室的地上。顿时，晴天霹雳，像一件贼赃一样暴露在众人眼前，全科室人目瞪口呆，一位小肚鸡肠的女同事明知故问："这是什么东西呀？"我顿时结巴，嗫嚅，我恨不得有地缝钻进去。

那时，刚有了烫发，对卷发情有独钟的我率先吃螃蟹，但这勇气是有限的，我尝试先烫刘海、辫梢，经不住美发师诱惑的劝说："我只给你烫微卷。"没想她的技术不过关，我只是她的试验品，我硬是被她烫成了菜花头。周末，我拎掇着一头怒放的菜花回父母居住的军营，所有人都对我指指点点。跟母亲走得近的人纷纷向母亲表示了对我"怒其不争，哀其不幸"的心情。忘不了那天早上起来，我的母亲哭成了泪人。我的心痛极了，我真想放把火烧了我那一头卷发。那一刻我觉得我也成了美杜莎，那头秀发也变成了无数毒蛇。我也一样成了妖怪。

1979年，我刚到一家医院工作，那天我穿着刚从上海亲戚那儿寄来的淡蓝色绣花衬衣，那时引领潮流的还是上海服装。本色丝线的花上镶绕着银色丝线，好看极了。迎面碰见我们医院的院长，院长是位平易近人的好人，他问我在哪买的衣服，并赞不绝口。我这个在穿戴上总被当作资产阶级坏分子的人，一下子不知所以然，以为他是讽刺我，说不定还要在全院大会上批判我吧。我竟然做出在我日后后悔莫及的反应，我没有回答他，而是惊慌加愤怒地撒丫子跑了。

1981年我到上海亲戚家玩，那时我已经不穿上海服装了，我浑身上下都是从石狮买来的港粤风潮时装，表姐和我在南京路上走，对面一高大老外迫不及待地来到我面前，口里一连串的"哈罗！"那份亲热劲简直就是他乡逢知己。他一定以为我是香港来的，他一定是憋坏了。却把我吓个半死，这美帝国主义怎么来跟我套近乎？我还是撒丫子跑了。我的小家子气很给中国人民丢脸呀！

历史的潮流谁也阻挡不了，时尚的风潮终于汹涌地淹没了那种清一色的灰蓝黑时代。如今谁也不必因为爱美付出这样的代价了。满街越来越生动鲜活的女性着服，就能看到物质生活的提

高。我还听琴说,壤在改革开放后先富起来了,几年里他盖了小楼,办了乡镇企业,还娶了比阿仙更年轻更漂亮的老婆。我感慨万千。

D

从身体的荒漠中走出的我,终于可以肆无殚忌地装扮自己的肉体。却忽然发现头脑里的空虚比肉体的丑陋更让我难以忍受。那些出生书香门第的,别人愚昧着的时候,他们在暗地里看书。改革开放到来,他们就如大鹏乘东风扶摇直上。我意识到我被命运暗算了,那个年代给了我优越感也给了我愚昧,愚昧带给我的是暗伤,慢性的,难以愈合的。我就要被时代抛下了,我不要当绣花枕头!我灵魂弦索上发出了尖锐疼痛的声音。

曾经,几乎所有的书都被当作毒草,我那军人的父亲把家里本来就少的书都烧了。从我记事起,家里只有一本旧书《秋海棠》,这本毒草能幸存下来得益于我那读过中专的母亲,母亲偷偷地藏下来,但不让我们孩子看,怕我们中毒。我读小学就喜欢看书,却没有书看。为了偷看《秋海棠》,我想出一个办法,我住的房间有一个放衣服的小壁橱。我把两扇橱门开到90度方位,我躲在里面看书,外面看过来好像我在整理衣服,一有风吹草动我就拉件衣服盖上,再关上橱门就万无一失了。这办法不错,谁也发现不了,我就这样在无数次担惊受怕,无数次拉衣服关橱门的动作下看完这本书的,虽看得囫囵吞枣,但书中那个陌生的世界还是给了我极大的震撼。

读小学时我是一个懦弱的女孩,平时在同学堆里我是个受气包,但只要老师布置完作文作业,那一刻便是我扬眉吐气的时候。老师一离开教室,全班呼拉一下就围成两个圈。我和另一个叫碧华的女同学就成了临时圈主。我写一句,他们就在旁边抄一句。有一次我把一篇作文写得很长,一位五大三粗的、曾经让我领教过他的拳头的男同学,忽然大叫起来:"哇!写得这么长!"吓得我倒吸一口冷气,以为他要揍我了。他呵呵地笑起来,还笑得有些媚态。我才把一颗心放下,继续写。讲评作文时,那老师真厉害,他把我和碧华的作文在班上当范文念了,他是怎么分辨原创和抄袭的?我一直匪夷所思。老师念完范文问全班同学哪篇更好,几乎是异口同声说我的好。童言无忌。在后来创作的路上,每每想起这些,我就感动,就能从中汲取力量。即使欺负过我、向我挥过拳头的同学,我都心存感念。那老师继续分析下去,他说我之所以作文写得好,是因为我们家有收音机。他为此号召全班同学要注意听广播。我觉得冤枉,我没有认真听过收音机。我相信我是有一点文学天赋的。那老师姓杨,每次他提问我,我都能对答如流,他布置背诵的课文我都能很快地背下来。他很喜欢我,也常表扬我。在那个不尊师重教的时代,同学们看他喜欢我就起哄说我是他的老婆,他姓杨,同学就叫他公羊,说我是母羊。那时候被说成是谁的老婆是可耻的,奇耻大辱。于是

我不敢好好读书了,他再提问我我就明知不答,一篇课文我明明会背也故意装作不会背。渐渐地他开始生我的气。我现在多想对杨老师说,请原谅我的懦弱。不知杨老师今在何方?那个叫碧华的女同学今在何方?流水落花无问处,只有飞云,冉冉来还去……

E

我疯狂画画的那些日子,一个女孩喜欢我的画,当然,她看到的不是古代仕女,而是样板戏中的人物。她每过一段都来向我讨要一些画稿。她的画我看过,自觉不如我画得好。后来她拜师学画去了。改革开放以后,女孩考上了集美美术工业学校,这消息给了我很大的震撼。我知道我又失去了一次机会。人生的路该怎么走下去?我不停地问自己。我想我应该学习,先天不足,只好后天恶补。我渴望知识就像饿汉扑向面包。于是我开始了漫漫求知路。那时我工作极忙,没时间准备高考。终于有了一次机会,全省卫生系统招考在职人员,我消息闭塞,别人提前一星期得到消息,我知道的时候距离淘汰式的初选考试只有3天,考试必须有高中毕业证,待我翻箱倒柜找出毕业证的时候,已是最后一天的下午了,怎么办?别人已经复习了一个星期,而我只剩半个下午和一个晚上,那晚我几乎通宵没睡。第二天,我依然精神抖擞。我这人考试不慌场,即使准备不充分、没有把握的考试，一旦进入考场，我也会像勇士到了战场、骑士临危救美，激情澎湃，披荆斩棘。这让我受益匪浅。这次同样让我受益，我顺利地通过了淘汰赛。一个月后终于如愿以偿考上漳州卫校药剂专业。累得我还没等到去卫校报道，就先去了医院手术室报道。我阑尾炎发作，我以为我可以挺过去，我的儿子才10个月，我丈夫在部队，我还处于哺乳期。直痛得我差点穿了孔才去医院挂急诊，那么多医生来会诊吓我一跳，说是阑尾恐怕烂得溃破，开了刀怕也找不到，但有60%的希望，开还是不开？身边没有人陪我，我把孩子丢给父母自己签字上了手术台，我做的是腰椎麻醉，还好手术顺利。也许麻药过量，术后那一夜最难熬，下半身麻痹得难以忍受，我动不了，一夜呻吟辗转到天亮。一个星期后我瘦得脱了人型。回到家里，母亲说我儿子天天指着墙上我的照片咿咿呀呀，我10个月的儿子还不会说话，他一定很痛苦不知道他的妈妈怎么忽然蒸发了，只给他留下一张照片。我赶紧进屋去看他，我母亲说他刚睡着，我轻手轻脚地走近他，我多想抱抱他，可我不忍心弄醒他，看他也瘦多了，小小的手紧紧拽着毛巾被，我每次给他喂奶的时候，他也是这样紧紧拽着我的衣服。他一定是做梦在我的怀抱里吧？泪水模糊了我的眼帘，这一个星期我太想他了，一定是心有灵犀，我看着他，他忽然从睡梦中醒来了，我心想他一定是认不得我了，我呼唤他："祥祥！"忽然他张开小手抱住我，把头埋在我的怀里，没有一点声音。一会儿他抬起头看着我，忽然号啕大哭，再把头埋进我的怀

里。一连几次这样,我知道他认出我来了。他不会说话但他一定在责怪我为什么忽然消逝了这么久?为什么离开他?全家人都落泪了。

　　白天儿子给我母亲带,晚上跟我睡。艰辛可想而知,但我每门功课都是优。那两年里我没逛过街,我虽带薪读书,但工资很低,又没了奖金,生活很拮据。我两年没有添加衣服,我总是做梦,梦见我有满橱柜的衣服,醒来,就从碧云天跌进黄叶地。

　　后来的日子,工作和学习的压力,以及我儿子的学习给我造成的负担让我有阵子瘦得皮包骨,虽有满橱衣服,可穿什么也不好看。我不停地看医生,脾气坏得要命,打起儿子发狠,我可怜的儿子,有次都怀疑我把他的骨头给打断了,半夜里我哭得死去活来。儿子似乎一夜之间轰然长大,就像我当年猝不及防成了母亲那样。儿子叛逆的脚步一路狂奔,那么暴烈,把我所有的路径踩得漆黑一片。人生过处唯存悔,那份忏悔常常是夜里突来,那份揪心的疼,常让我夜不能寝。儿子忽然发奋读书,一下子减轻了我许多的疼。儿子考上大学那一夜,我哭得酣畅淋漓,我对苍天诸神一步一叩首,我知道上天接纳了我的忏悔。

F

回头望，我一路考将过来。有人说所有的考试在40岁以前完成才是正常的。可我生逢不正常的求学时代，只好走有自己特色的人生路，让一次次没完没了的考试跨越40岁的栅栏，无极限地延伸。2000年我考取了执业药师，主管中药师；2004年止，我在《北京文学》《海燕都市美文》《散文百家》《文学界》《福建文学》《山东文学》、《雨花》、《诗刊》、《诗选刊》等刊及报纸副刊发作品数百篇。

每每想写点什么的时候，考试就像个怪兽袭来。考试是要有激情的，需要的是武士道的精神；而写作应摒弃世俗喧嚣，让心灵安宁，需要的是隐士般的精神。可怜我总是在这样的两极间激荡着，因为考试，写作总处于惨淡经营中。想起在卫校的那段日子，每日一小考，每周一大考。考得我昏头转向、神魂颠倒，还总做噩梦，梦见自己考试不及格，一身冷汗地从梦中惊醒。

最让我扬眉吐气的是微生物科的一次考试，我喜欢上微生物老师的课，他总能把枯燥无味的内容讲得妙趣横生，他不喜欢学生死读书，考题也出得活。那次全班都是0分，只有我考了95分。当老师宣布结果，我立刻被后座的帅哥同学称为"高手"。害得我好几天飘飘然不知道自己是谁。

最狼狈的是执业药师考试，本来就身体欠安，加上紧张就失

眠了,第二天赴考场,一件反穿的衣服里裹着一个面色蜡黄、蓬头垢面的我。好像上天故意与我过不去,偏偏遇见我们班最帅的男同学,事后捶胸顿足晚矣!

最尴尬的是"全国公共英语等级考试",不为职称、不为升级,只为不在将来的地球村里落伍。我早已料到会和一群儿子级的学生一起考,看考场时,名字贴在教室的门外,不料名字旁边还有出生年月,这不纯粹让我老人家难堪吗?这要是在国外一定要提抗议的吧?没想英语考试竟过了关,想想我这40多岁的人,没有基础,工作之余、创作之外的自学多么不易。于是高兴得如同范进中举。

G

我的身体里包裹着我的灵魂,人生旅途中或痛苦或欢乐,身体便是我灵魂的晴雨表。

我要去的是哪里

酒 吧

酒吧，我从未去过。

酒吧，张开城市之夜的胃囊，暧昧地等在繁华的街角，有些深不可测。它总是与我擦肩而过，3尺之外，它的隐秘之气贯通我七经八脉，我坠入自身，对视我清澈的存在。我渴望被它吞噬，渴望在它的陌生里倒空自己。

影视片里的酒吧，总有些梦幻，有些巫气，爵士乐、男人、艳歌浪舞……眩目的是那摩登女郎，神秘的蓝紫色眼影，黑色的手指甲，猩红的嘴唇轮流亲吻着香烟和高脚杯里的液体……这般放肆地美，好看到妖冶，带点恐惧的诱惑，如同妲己是狐狸变的。

一个男人独自在酒吧，旁若无人地喝酒，流泪。酒和着泪洒满一桌，一地。只一桌之遥的一群人视若无睹、自顾自地饮酒唱歌。这就是酒吧！我惊愕，酒吧就是可以在别人眼皮下自由自在流泪的地方，这样于人群中彻底打碎自己，是我轻车熟路的生活里的禁忌。我血液里偏含了特殊因子，一些旁人眼里的小事，于

我，便会激动，或悲或喜地流泪；我渴望变回孩童，放任地让情绪舞蹈一次，劈叉，跳跃，腾空翻转。而我们惯常的是走直线，是含蓄，是不屑。我想疯狂一次，疏泄身体里烦冗乏味的深水。我知道只有两个地方可以完成，要么酒吧，要么精神病院。

当然，我只能选择酒吧，酒吧就是承载这一切的场。当我看了马奈的画《恋人游乐园酒吧》，更确定了我对酒吧的认识。这是一间多么大的酒吧呀？"间"这个量词搭配在这里如同侏儒。偌大的背景是巴黎纸醉金迷夜生活的缩影，我仿佛听到了酒吧大厅簇拥的人群的喧闹声，灯光很炽，镜子很亮，吧台上果红酒绿，连盛水果的玻璃盘也洋溢着喜气。可是，这样的背景仿佛只是为了衬托一个酒吧的年轻侍女，按现在时的称呼就是"小姐"。苏珊小姐从画面里跳了出来，就站在你面前，反倒与那个背景相隔甚远，隔着彼岸的尘埃和此岸的逝水流花。她实在被画得太大了，太醒目了。正面的，背面的，孤独的个体没有被淹没，反而那么突兀地与背后那个欢乐的，强大的群对峙着。她的脸默然着，是永夜恹恹的默然，暴露出她的内容，她的黑色服饰和白色的领子强调了这一点，镶了边的领饰，仿佛私密的内部的暗伤也被镶了边。作为个体生命，即使卑微如侍女，相对于"群"，个人的情绪在这里也是被强调的。在这里不需要隐瞒疼痛。我看到挣扎中的生命的庄严和尊贵。她从群的土壤盛开，却又无法把她从群里连根拔除，这就是酒吧！我不再惊愕，若按了格楚特斯坦的玫瑰逻辑便是：酒吧是酒吧是酒吧是酒吧。

酒吧，在我们这个小城更多的是前卫。尽管它的普及是那么地迅猛，"泡吧"一词出现的概率比血脂还高。可它依然局限于特殊群体，对于一个不年轻的女人来说，它依然遥远、神秘、难以企及。这样的诱惑难以启齿。你可以疯狂购物，买昂贵的家具、壁画，高档的衣服、化妆品，可这再奢侈也是生活，你却不能说你想到酒吧去喝酒、流泪、尖叫，然后再优雅地抽上一支烟。这对于年轻人来说也许是轻而易举的，年轻本来就是疯狂就是尖叫。可摆在一个不年轻女人面前的却是叛逆、放荡、堕落、晦暗、深夜不归这样的意象。酒吧，离我的生活方式太远。

网络视频里，一个包着花头巾、戴着耳环和锁骨扣的男孩对我说，他每星期至少要去一趟酒吧，否则就会发疯。当他把锁骨扣展示给我看，我非常恐惧。他邀请我去酒吧，我自然是不敢去的。尽管他一再表白他不是坏人，只是喜欢把自己打扮得奇异另类。他吻合我想象中去那个地方的人。酒吧天生就是为这样的人诞生的。

我曾在一个夜幕初降的瞬间停留在它的身边，跟家人怄气，不想帘卷西风，人比黄花瘦。冲出家门，大街上车水马龙，霓虹灯吞噬着我留在这个夜里的影子，茕茕独行的我按了几个电话号码，又都摁掉了。并非无人可倾诉，可一个人面对另一个人的痛苦又能怎样？开口，就会有谎言，尽管是善意的谎言；沉默，又等同冷漠与背弃。我想到了酒吧。把自己交给酒吧。就是把自己交给自由。此刻的酒吧是一剂驱散坏情绪的峻猛泻药。可我朝酒

吧走去又与它擦肩而过。路上，我触摸到一只狗眼中的天空，风很凌厉地让它在地上打着哆嗦，它不像流浪狗，体积不大，毛色洁净，不知为什么流落街头，它仰着头与我对视，天空很沉，压弯了飞翔的渴望，它一定以为我就是能让它飞起来的人，它在我身后跟着我走出了几米远，我不敢回头，怕给它错误的暗示，怕与那样的眼神对视，我不能给它天狗吠月的梦。

忽然觉得我看到了另一种形态的我，那一刻我又想到了酒吧。我调转头再次朝它走去。酒吧，我比别人更需要它，它那咖啡色与草莓色相间的门又呈现在我的面前，门里透出昏暗的灯光，也许时间还早，音乐还未飘出，客人也还未来临。看着门把手雕成可爱的小兽，来自心底的诱惑让我的手离那小兽只有分毫之差，其实这只是一个瞬间，短暂得就像偶尔路过时手臂的一个自然摆动，可这瞬间又漫长如一个世纪。

酒吧，我还是没有去成，我终究是一只惊恐逃窜了的小兽，逃回白天的泥泞里，逃回了我的陈旧不堪。我的心里从此生出许多那样的小兽。它们让我的内心更加不安。

阳光下，那么多的规则、戒律把我的眼刺得生痛，圣经里有十戒，佛经里有清规戒律，长大了，各种规章制度更是五花八门，三界内外，五行上下，芸芸众生如国道上修葺整洁不越矩的花草树木，而我需要一块任由小兽们自在生长的野地。我说："我要去酒吧！"马上有异样的眼光扫来。好像看一座危险的堰塞湖。我不敢一个人去，我邀请过几个我的同龄女友，都遭拒绝。终于邀上一个和我习性相近的同龄女友,我们约定了去酒吧的时间。可在此前我们发生了点摩擦,谈不上反目,却已疏了往来。酒吧,又被推到一个不可企及的远景里。

酒吧,我渴望酒吧就像一只脆弱的虫子渴望一片绿叶的遮蔽。酒吧是一种逃遁,是唐诗宋词里频频出现的"西楼",我从未去过的地方,鲜花和毒蛇缠绕的地方。可是谁,是谁阻隔了我通往它的路径?又是谁让它浓烈的罂粟气味,咫尺天涯?

在路上

在路上的我总是迷惘的,我其实就是一路盲。

我一次次地走失,常常不知身在何处地迷失于城市一隅,举目,所有的街道全是一个面孔,又纠缠如一团乱麻,城市越是现代化,越是四通八达,就越是我的荒原。

我从丹霞路的一家商店回家,路经一陌生街道,环顾左右而叹,我咋就没来过这条街?几分钟后我又转回了那家商店,我迷路了,就在我家不远的地方打转。原来我只是绕了一个大来回。后来发现那条陌生的街竟然是我常走的一条街,每次我都是单向行走,这次反向而行便迷糊了。我的迷路已是n次的n次方了。去省城办事,友人介绍住进一浅巷里的旅馆,出来就找不到回去的路了,我知道旅馆就在附近,绕来绕去绕不出迷宫,只好打的。那司机也实诚,没载着我转几圈晕糊我,就几秒钟"咔

嚓"把我送到,想想都冤枉,心有不甘:"你这钱也赚得太容易了!"他还满脸委屈:"我开了这么多年车难得遇上这么一回呀!"我总想,我这样一个终日生活在内心世界里的人,对于外部的世界,注定是要迷失方向的,注定是这般的无能无助。外部的世界。规矩方圆,我的内心抗拒着不肯屈从,我看见了灵与肉的分裂。

一个路盲等同于一个流浪者。流浪,走哪算哪,不需要明确的目的地。对远方的向往与认路的低能,反倒让我渴望流浪。乱世,流浪代表窘困,它的伤痕不在皮肉在骨头;盛世,流浪是黑色的诗意,是从迷失里结出的果。一个女人很难发生真正意义上的流浪,即使是乱世,流落到会稽的李清照也不能算作真正意义上的流浪,三毛的撒哈拉沙漠生活更算不上。武侠小说里貌如天仙、本领高强的女侠,轻纱遮面、霓裳飘飞,她们手抚琴弦即可护身,飞花摘叶便可伤人,甚至腾云驾雾,所到之处逢凶化吉,自然是想去哪就去哪了,江湖是她们最好的舞台,流浪自然也就是最佳状态。要多浪漫有多浪漫,可那毕竟是虚构的。

长时间没出远门,心就会伸出阴影遮蔽阳光。约几个女伴同去黄山,好不容易约齐了,每到一个景点,来不及欣赏大自然的鬼斧神工,不是女伴们叫我给她们拍照,就是她们盛情难却地给我拍照,等都拍过了,导游一声令下,又奔赴下一个新的景点,完全违背了游玩的初衷。无奈之下,独自一人跟团出游,以为这样可以自如地游玩了,还多少有点接近流浪的味道。到了上海,按说上海我已经来过多次，自由活动时间段，我严重的迷路症依然让导游焦虑，全团只有两个女的，另一位是刚结了婚和她先生蜜月游的，我总不能跟在人家小夫妻后面当电灯泡吧，只好若隐若现地跟在一大帮男人的后面，尴尬极了。还好上海有亲戚，到了南京路，表姐来接应，导游才松了一口气。下榻旅馆，团里一位尖脸猴腮的男士三番五次要到我客房来玩，几次纠缠被我拒绝。他很瘦，比骷髅胖不了多少，还肩上斜挎着相机，像儿时电影里看到的特务，我奇怪，怎么女特务个个妖娆性感，男特务个个都像瘪三。为了我的安全，导游在苏州一站特地把我安顿在另一楼层。可见女人独自出门的不便，更不用说流浪了。我只能在诗里流浪："只有心怀希望的女人／才会去等待／我只是寻觅，一路流浪……"

"我还年轻，我渴望上路。"发端于上个世纪50年代的美国"垮掉的一代"，萨尔和他的伙伴们燃烧着疯狂的血液。这群惊世骇俗、离经叛道的青年多次横穿美国大陆，过着放浪形骸，波西米亚式偏执的生活。他们渴望到更遥远的地方去寻找可以填补生命空白的东西。可这也不能算作真正的流浪。倒觉得毛姆以画家高更为原型创作的传记式小说《月亮与六便士》中，主人公查理斯·思特里克兰德算得上流浪，他放弃优越的中产阶级生活，抛家弃子，孤身一人去外地画画，最后他在贫困中死于太平洋的一个小岛。天才的个性与物质文明、现代婚姻之间的矛盾导致了他的流浪。我想起诗人里尔克的诗"于是告别：为什么？由于冲动，由于本性，／由于

不耐,由于朦胧的期待,/由于不被理解和不理解……难道这是一种新生活的入口吗?"

人是需要不断地寻找新的出口,我的寻找就是一部迷路史。不知道有没有路盲的威尼斯纪录,我想去刷新一下。8岁那年,我第一次迷路。下午放学的路上,我拐进一片陌生的,城乡接合部的民居。时间久远,我已记不得当初的动机,也许是好奇吧?但我记得我沿着曲里拐弯的路径,深入到它的腹地,那里的房屋建筑都是一个模子,我迷失了方向。夕阳西下,我的恐惧在上升,我号啕大哭。我的哭声被陌生、坚硬的建筑物覆盖着,吞噬着。说来也怪,像有神明保佑,我的母亲仿佛自天而降,她神色焦虑地从离我最近的一幢房屋里冲了出来。原来我那当老师的母亲正在这儿家访。她纳闷,这哭声怎么像我女儿?于是冲了出来。很多年后,我回忆这一幕,仿佛,母爱是我在迷途中捡拾到的。

我说我是当不了司机的,朋友说,你若能当司机就写不出东西来了。后来果真发现许多优秀的女作家都是路盲,单看张爱玲的一段文字:"我天天乘黄包车上医院去打针,接连三个月,仍然不认识那条路。总而言之,在现实的社会里,我等于一个废物。"我还陆续发现很多优秀的女作家都有迷路史。有评论一女作家的:"她永远记不得走过 N 次的路……我觉得仅凭一个农民的智慧就可以在任何一条陌生大街上拐走她。"

写作,何尝不是现实里的走失?写作,就是一次次迷惘,一次次无路可走。有一次听文学讲座，我迫不及待地提问："女作家有什么特点？"我想听他说出女作家个个都迷路这样的话。虽然，我并没有得到我渴望解构命运密码的回答，可我看到迷失，它的内部暗含着一条隐秘的路，笨拙是指路牌，文字是路的延伸，在虚空苍白中打开自己，看到更广阔的去处。

大麦裤

我想我是老了,我的老去如此遽然。确凿的标志是我忽然爱上了大麦裤。是小时候看老妇女们在夏天穿的那种宽大的短裤。

那时候的我觉得那些女人真要命,怎么要穿这么老丑的东西,一点也不注意形象。很长时间我都以为大麦裤是女人到了让男人不感兴趣的年龄,绝望的年龄的标志物。再后来看了一则报道,说久坐的女性易患妇女病,尤其是不能穿紧绷在身上的内裤。我对内衣比外衣讲究,都是那种紧绷绷的牌子货。于是便警惕起来。我是"坐家"了,坐功了得,健康也要注意了。

一日在市场上看到花花绿绿的大麦裤,心想穿着一定凉快,又不得病,何乐而不为?就买来穿了。My god!"金风玉露一相逢……"原来这老丑之物竟是如此好东西,哇!老了真好!这天大地大的宽松、舒适,使得原本被禁锢的皮肤,那些见不到风的细胞都跳起了狂欢舞。它们实在被饿了太久。如冷宫里等待宠幸的老宫女,一朝选在了君王侧。

有人说我穿得挺前卫,被单位里一些人誉为我那个年龄段的新新人类。闲来无事,开启衣柜,天那,我怎么储藏了这么多的衣服：出位的、惆怅的、讷言的、喧闹的，那层层堆积的心事便扑面而来，为N种恋衣癖寻找理由。有的是昨日流水，芳馨已灭；有的雕栏玉砌犹在，朱颜未改。我还自恋：前卫是一种超俗的见识与品位，需要一种特别的勇气与承受能力，"敢为天下先"是它的显著特点。

看见一个资料上说一个服饰小店的名字叫"皮肤而已"，觉得新颖。美女都是包装出来的，不是都说"三分人，七分妆"吗？这个年代赝品盛行，也包括美女。不禁想，如果我开服装店，名字就叫"皮肤的赝品"，这一定是真理，我相信大多数人能读懂真理，但这需要一个过程，那我的服装店就会在这个过程中亏了本，真理往往是要付出代价的。忽然就想，这大热的天人为什么要穿衣服？我们单位曾有人开玩笑说，假如颁布一条不准穿衣的禁令，3天内必躲躲藏藏，3天后就不以为然了吧？他的话有无道理读者自然心里有数。只有"裸泳浴场"和这理论最接近了。据了解，我国在公共旅游区设置的裸体浴场已有两家，迄今仍备受争议。想那赤裸裸的真理自然让美丑无以混淆，鱼目不能混珠。扯远了，还是享受我的大麦裤吧。

久没上QQ，忽然想上去聊几句。对方问：有视频吗？

没有。

为什么不装一个？不贵的。

为什么要让你看我的简装？

第三辑

医院观止

黑白黄蓝

黑白的那部分

再没有比它更虚空的颜色了,白。我常常恐慌于它的诡秘、幽冷和无边的苍茫,生命的起始与归宿都在其中了。

"晚霞映照西山,月亮已升在东方,是谁还穿着白色的衣裳,站立在窗前轻轻放下了窗帘,啊,是你呀,我们亲爱的护士……"我一定是受了这首老歌的诱惑,还有,老影片里王晓棠扮演的护士翩若惊鸿,还有故事里的神秘女特务似乎都和医院有关。够了,这些白色的塞壬的歌声把我的命运引入歧途,待我深入它的腹地,发现白的优雅与绮丽只是海市蜃楼,白的脆弱担不起那鲜血,疼痛,死亡。

去医院报到那天,不知为什么脑子里浮现出"化验室"三个字,潜意识里"化验"一词有着高不可攀的陌生与神秘,紫罗兰、薰衣草的气息。我一直觉得我是个有点灵异的女子,因为我恰恰被分配到了化验室。只是这里没有紫罗兰、薰衣草的气息,而是散发着来苏尔味与血腥气,还有粪便、尿液、痰液等排泄物的混合气味。这里是白色的世界，我们用白色武装自己，白帽子、白口罩、白大褂。肉眼极易受欺骗，这貌似洁净、单纯的颜色却最能藏污纳秽、最有城府。高倍显微镜让我看见一个新奇的微观世界。蛔虫卵外缘像蕾丝花边，钩虫卵玲珑剔透，真菌、杆菌展开魔方般的结构……我们的身体也是由无数看不见的细胞组成，生命和盘托出，肉眼的有限也和盘托出，我们以为看不见的东西就不存在。命运的玄机又何尝不是以看不见的隐态进行着？

医院有个地方不分昼夜地黑着暗着，像日全食。这黑暗能穿透肉身，亮出你的肺腑与骨头，这就是放射科。张潮说："凡物皆以形用，其以神用者，则镜也，符印也，日晷也，指南针也。"我以为X光射线实在比这四样更诡异的，它使骨头像大海里的暗礁，等待着触礁的船只，宏注定是那触礁的船。

医院的夜晚，漂亮女人总给人虚幻的感觉，却不似《聊斋》里女鬼女狐的可爱与诗性："司空"，伊人在花瓣上……鬼故事里的女鬼比男鬼更吓人，尤其是漂亮的女鬼，她们银铃般的笑声在夜色晦暝的荒郊野地里暴响，人便魂飞魄散，仿佛阴间是个女权的地方，女人在那里更有威慑力。丑女在现实世界里吓人，美女便到另一个世界里吓人。当那无所不在的白消融在夜色里，一截明月暗含惨雾，星星和血也属于这样阴质的夜晚，她便飘飘地来，白帽子、白口罩、白大褂、白的软底鞋，轻极了地从你身边飘过，你的脚后跟也会生出阴风。白影子迷离的眼神却不看你，飘过一堵待拆的旧病房残墙，飘过墙根下暗紫的葡萄架，来到太平间，俯仰之间嘴角流淌着鲜血……来医院之前，我听过无数遍这样瘆人的夜游症故事。可我在医院工作了8年，却从未遇过这样的事。那时的太平间只是一间简陋的小屋，里面少有停尸，屋檐上的蜘蛛网如招魂的幡，我不敢朝里窥视，仿佛是不可知的深渊。这所谓的"太平间"使我的内心很不太平，路过这里，只需几秒钟，却漫长而反复地在我的记忆里播放。现实中那个漂亮的白影子没有飘进太平间，她绕过太平间，穿过小道，飘进了放射科，飘进了宏的怀抱。漂亮的白影子是内科护士，当宏第一次在夜晚与她邂逅，便被她暗里回眸的火烧着了，于是，没有火的夜晚宏便会感觉冷。此后，多少个夜晚，宏在那里焦渴地等待漂亮的白影子，等待白影子带来的火驱赶肉体的寒冷。当宏与白影子一次次地服从这黑夜的火，他们所有的血都成为燃料，他们忘了这紧挨着骨头的火是极难掌控的，它能将生命与梦想一同烧毁。

我相信有人的眼睛比X光射线更具穿透力，当那样的一些眼睛汇集成强大的光束，刺破隐蔽的黑暗，将她们的隐私白炽化时，漂亮的白影子忽然向宏反扑而来，告他诱奸。她是有夫之妇，最终得到了丈夫谅解，逃过了一劫。而年轻未婚的宏却被冠以"引诱强奸妇女罪"服刑劳改，从此，他的生活坠入不分昼夜的黑暗。我后来见到的宏，那是一株长期在黑暗中生长的植物，变异的植物。

小银，她说我怕黑。叫这名字的女孩说怕黑是最能被原谅的吧，叫这名字的女孩似乎就应该活在银子发出光芒的地方。小银偏偏被安排在医院最黑暗的地方——放射科。有一天，她自己也需要这看不见却真实存在的X光射线来窥探她的身体，她要知道她身体是不是也藏匿着一些黑。当她亲手取出那张X光片子，在显像灯光前，她看到她肺部的那一块幽暗的阴影，她立刻就知道了这世界最漆黑的地方在哪里，那一团漆黑随即弥漫开来，笼罩了整个的她，那段时间，无论地球转动到哪个部位，她的世界都漆黑一片。她病了。

我看到教堂也有这样的功能，有如医院的放射科。我听过一信徒祷告："上帝呀，我是个罪人，除去我内心幽暗的东西吧！"因为他在这里看到了他光鲜的衣服、光鲜的肉体之下所藏匿的污秽。

红的，不仅仅是血

我的工作使我接触了许多以卖血为生的人，他们被称为"输血员"。他们大都有故事。输血员K是一个高大魁梧的男人，原是一家芗剧团的演员，不知什么事丢了公职，只得以卖血为生。我来化验室不久他就落实政策重返剧团了，正当大家为他的好运祝贺，却听说他脑溢血死了。说是由于肌体已适应频繁抽血，造血功能异常旺盛，外泄忽停，血如暴涨之洪水，上蒙清窍、内伤经络，身体的大堤不堪其摧。大家惋惜了一会儿，很快归于平静。

死亡在这里像走马灯，不可能激起太大的波澜。我依然记得他音色雄浑的唱腔："日时我眼泪掺着茶饭吞暝时我冷对孤灯哭啼啼青春年华消逝去早早霜发染鬓边……"那是芗剧《苦命鸳鸯》里的选段。

另一个叫草花的女输血员，她有一个比她年轻很多的丈夫。草花原来的丈夫是劳改犯，关在监狱里。她带着3个孩子苦度日，她的花在风中凋谢，她的草却顽强地一岁一枯荣。直至遇到了他，那个男人M。在他们相握的手上有一整个的春天，她的花又绽放了。M原本是草花孩子的老师，家访使他们相遇了，也相爱了，草花深知自己的处境，M尚未婚娶，她怕牵累了他，况且M比她年轻很多岁。可M的态度是坚决的。在那个年代那种事叫"搞腐化"，其严重性不亚于政治犯。学校先是对M提出警告，最终将M开除。计划经济时代一切都是按计划分配的，没有工作可找。于是两人就都当了输血员。M曾自豪地说他和草花是真正的爱情。我听了脸上露出鄙夷和不屑，那时被开除公职的人在我眼里都是反动派、社会渣滓、资产阶级腐朽思想的人。多年后我为自己的想法羞愧，尤其在滥情的当下，我一直在想，究竟怎样的爱可以让一个男人不顾一切，甚至丢掉宝贵的公职。这世上珍贵的情感，往往就在俗世小人物的身上。

闯入我眼球的还有另一个人。那是一个匆匆掠过的惶惑的身影，总让我想起契诃夫笔下的套中人。他就是放射科的宏，落实政策重返医院，落实政策的文书上写着："文革"时期判得太重……

我不知道他经历了怎样的太重的苦难，怎才使得他成这副模样，但我能从他落叶的脸上见出他曾经青叶濯濯的帅气。他生活里最醒目的就是油纸伞与后门。医院的后门通小镇旧街，肆声悠缓，满溢着俗世的快乐。抑或暖阳抑或细雨，他的腋下永远夹着一把伞，滞重的脚步叩响在旧街巷的青石板地面，远远望去像一帧古旧的黑白照，那种古旧的油纸伞，有黄昏的愁绪，却没有丁香的芬芳，旧街衢巷道的墙檐上倒是覆着一簇簇的三角梅，红艳如火，三角梅火一般的燎势与他慌张的神色很不协调，更加衬托出他暗淡的孤独。我从医院的后门过，常能遇见宏。一个下班后的傍晚，我在后门看到宏正与漂亮的白影子擦肩而过，白影子已不年轻，却依然漂亮，令我惊讶的是，他们擦肩时形同陌路。再一想，这世上多少震惊世界的大事，不都被时间轻轻抹去了，何况坊间饮食男女之事。

　　一日风起，几瓣三角梅飘落青石板地面，让路过的宏摔得四仰八叉，拍片，未发现骨折，却又久不见愈，这病来得蹊跷，亦查不出原因，最后还是落下轻微残疾，刮风下雨便痛起来。也许，他从未想到这纤柔如绢的花儿，这火一般红艳的花儿会成为他骨头里的痛。他总是被柔弱的东西打倒，他不明白自古以来，那些表面柔弱的东西，往往就是最不可掉以轻心的。

黄色的麦场

有时，这里更像一片麦场。这里走着这样的一些人，他们的脸上或画着红色十字，或步履蹒跚，已经丧失了作为人的某些功能。他们都是被某一场大风吹到这里来的，他们本来在另一些地方走，他们走着走着，就被风带到了这里，像连连落地的麦穗。人生的无常，在医院便是有常，生死在这里是那么的正常，像季节的轮换，风只是命运的镰刀。最怕听这风携带着新生儿的破啼搅动一地黄叶，这天地间的急管慢弦，你细听，能听出生与死相撞的脚步。

一个明媚的夏日，我第一次目睹了死亡的过程。我端着采血盘来到病房，来不及为他采血，实际上是不需要了。他约40岁，一副穷困潦倒的模样，从他的嘴里有一丝血流绵延而出，医生无能为力地摆摆手退下。渐渐地血流越来越粗，越来越急，呈喷涌状。他的母亲先是拿碗接，再是痰盂。她的哭声也由丝线般嘤嘤的，直至号啕大哭。把他带到这个世界的女人，又把他送出了这个世界，她看足了他的成长。生命的完整在亲人眼里是大悲哀。此刻，病房窗外能看见开到绚烂的美人蕉，炽热的阳光让蝶翅的扇动也变得懒洋洋了，这一墙之隔，并没有隔断恸哭与蝉鸣的合奏，花香与药味的渗透。此后，我所看到的美人蕉总是散发着死亡的气息，此后，我很难再把光明与黑暗，爱与孤独完全剥离开来。

　　死者隔壁床是一个自杀未遂的女人，这个从死到生逆向生长的女人，身上插满了导管。她疲惫的眼神落在死者身上，我不知道她是羡慕方才的谢幕还是感到自己活着的幸运。生命的驿站没有回程票，她只是在那个黑漆漆的门口徘徊了一下。有一段时间，我几乎天天都看到自杀的人，大多是喝农药的农妇。最渴望生的人和最渴望死的人都在这里汇合。

　　这里，更多的人被困于生和死之间。从一种惯常状态到另一种非常态。当意外与肉体之痛使得生活的神经打了结，你就必须到这里解开。有些乱结很难解开，它们足以让你的生命失去尊严，结与劫同音，包含了暗示。轮椅上骨瘦如柴的年轻人，脸上淡漠的表情明示了他坐轮椅的资深，黑铁一般的时间里，他要把轮椅坐穿？他是那么的年轻，20岁左右，他有时被另两个年轻的人推过阴霾的病房走廊晒太阳。长久不正常的生活使他苍白的肌肤如病房的墙壁。我后来知道了他背后的故事，那个全民皆兵的时代，3个年轻人是同一村子的农民，那时，除了"地富反坏右"都是民兵，就那么一穷二白的农村，硬是怕"地富反坏右"破坏了，每天夜里民兵轮流站岗保卫社会主义新农村。交接岗，那两个人中的一个，对着他放了一枪，原本是开玩笑，以为是空枪。没想里面有子弹，一枪就打到要害，下身瘫痪。这是怎样的大不幸？最灿烂的年龄，忽然被限制在一把椅子上。

　　那两个肇事者也成了倒霉蛋，从精神上、体力上、物力上都付出了高昂的代价，而这代价将随着受害者的生命，绵绵无尽期。

有一天，他们恐怖的话让我大吃一惊："这样下去，我们会被拖死，还不如当初一枪打死他，去坐几年牢。那样他好受，我们也好受……"这话让我很震惊。多年以后，药家鑫的案子再次让我想这番话。谴责之余，亦有同情，想那"担当"是一个多么沉重的美德。

我的母亲一生几进医院，做过阑尾、子宫切除、动脉大手术、两次股骨颈大手术以及失败纠正术，到70岁还做了乳腺切除，命运的镰刀一次次地挥向她。她曾目睹麦场里堆着的麦捆。那天，母亲正在青岛市的一间会议厅，参加全市工作积极分子大会。会议厅的壁橱里放着大炼钢铁时挖出的炮弹壳，会议休息期间，一位参会人员把它从壁橱里拿出来把玩，耍杂技似的将炮弹壳一次次抛向空中，嘴里喊着："放卫星了！"一个失手，炮弹落到地上，一声巨响表明它不是一个普通的自由落体。这颗臭弹，在该响的时候喑哑，在不该响的时候却耐不住寂寞。会议厅的地面和天花板都被炸出了大窟窿，死伤多人，放卫星的人当场死去，母亲坐在一个角落里，成了幸存者。她看见尸体像丰收的庄稼地里堆着的麦捆，这些麦捆被送到医院，像是颗粒入仓。母亲也被送到医院，母亲的身体里有很多弹片，其中一个弹片飞进她的手臂，卡在大血管里，几个小时的大手术，医生还是没能将那块卡在我母亲血管上的弹片清除掉。

与此同时，厦门大嶝岛几百公里长的海岸线，密集的炮弹一齐射向金门岛，震惊世界的八·二三炮战正在激烈地进行中。当通信员把母亲受伤的电报呈给远在厦门的父亲时,父亲正巧也在医院,在厦门的一家医院。那时,父亲是驻扎厦门大嶝岛炮兵营的教导员,父亲没有负伤,负伤的是一名话务兵,被金门国民党兵发射的炮弹击中,最终抢救无效。父亲痛心地说,那么年轻,那么帅的小伙子转眼工夫没了。父亲回母亲的电报说,我在前线没有挂彩,你却在后方负伤。母亲后来离开了美丽的青岛,离开了她心爱的工作,去了福建,随军做了一位小学教师。为了父亲她做出了牺牲,因为她知道人生的无常。

沉重的蓝

在医院,最怕给婴孩抽血,孩子的哭声与母亲的泪撕裂着我的心,我的手便会颤抖,汗会从我的脑门上渗出……我的性格奠定了我日后运途的坡度,我的脆弱,我的心太软注定我终有一天会离开我工作的起点——医院,一路呈抛物线状下滑,从事业单位滑到企业单位。

疼痛的记忆越积越重,为了逃避,我到了一家起重机械配件厂,在这里我不必目睹众多的伤痛,不必目睹病人像连连落地的麦穗。而我记忆却越来越沉重不是这坚硬冰冷的机器可以托举的。这是一个和它的名字一样沉重的厂子,我内心从未轻松过,起重机无法托起下岗的阴影。工人们蓝色的工作服让我知道了蓝是有重量的,蓝,钝拙而滞重。那里也生产各种轴承,滚动轴承、滑动轴承、关节轴承等。轴承里有很多浸渍着润滑油的小珠子，只要一粒小珠子出了问题，整个轴承就不好使了，轴承是机器的关节。有一天，我身体里最大的关节——膝关节损伤了。那用以支撑身体、减压、缓冲，保持柔韧度的关节不再是稳固和灵活的了。这可不像机器上的轴承，轻易可换一个新的。我不得不一次次地跟医院打交道，一团黏滑可疑之物让我滑倒让我重返医院，如同一个预先的约会。我从不知我可以这般肥沃，疼痛在我的身体欢乐筑巢。那个七窍流火的午后，手术台上我记住了那个专家的名字"夏春"。多好的名字，占尽人间缤纷，暗合了"灿若夏花，妙手回春"的意思。我也结识了很多病友，残弱病痛让我们惺惺相惜，一对夫妇下坡时摩托车轮飞了，两人摔成熊猫脸，男的表情凄惨，女的还能笑，虽有些勉强。另一独身女民工，一手四指被机器轧断，也是一副坦然的样子，但听人说她刚来时一直哭。墙角里瑟缩着一个要开脑的病人，他茫然的眼睛看向窗外。窗外，天空蒙月低悬。每个不幸的人都有各自的不幸，都要经历一段痛苦的心路才能接受现状，只是有人从容一些就容易走出低谷。这些疼痛重新刺着我的眼球，记得我在医院工作时，领导曾让我们写一份《假如我是一个病人》的感想，当时我觉得这题目荒唐，因为我不是一个病人。现在，我是一个真正的病人了，我有了不同的感受，有时需要隔着一定的距离才能看清。应该说20多年后我才知道，当年我是交了一份不及格的卷子。

随手书简

1

都说人在病中的思敏力犀利，鲁迅在《狂人日记》多处写到"凡事总须研究，才会明白"。最经典的是："我横竖睡不着，仔细看了半夜，才从字缝里看出字来……"原来病人的眼睛具有这样的穿透力。可我倒觉得自己麻木不仁了，书大都看不下去，自然没有什么可研究，没有字缝效应。更多的是昏睡，我纳闷怎么会有这么多的觉，也许是想要一觉醒来腿就好了，又可以蹦蹦跶跶，想走多久就走多久。

醒来的时候，腿自然是没有好，脑子却变得更加空白，没心没肺地看着电视剧，《杨三姐告状》是一个古装电视剧，很好看。渐渐地就被里面的情节牵制。心想，我怎么又上心了？他们只是演戏，卸下道具就没这回事了，我安慰自己。可是人生这出戏不也一样吗？等到我们都卸下肉身这副道具，不也都一样吗？

谁知道是不是一样呢？或许不一样的吧？盖棺方定论，定得了论吗？谁知到了那边会不会被推翻。没有人从那边过来告诉我们。

2

我们想象别人的痛苦,想象力其实是贫乏的,即使设身处地也是有限的,这是作为个体人的有限和无奈。行为艺术家 X 当过船员,在茫茫大海里航行,我相信那时他所感到的孤独是真正的孤独。然而,人是有限的,孤独是无限的。后来他为了尝试更深的孤独,以有限挑战无限,人为地制造了许多所谓的孤独。他把自己关在一个 10 平米的笼子里长达一年之久,不交谈,不读写,不听广播,不看电视。也许依然走不进孤独的深处,他又把自己放逐到户外,在零下 38 度的大街上被警察关了禁闭。X 做的最绝的一件事情是和一个女艺术家用一根 8 英尺的绳子互绑腰间一年,两个人一起吃喝拉撒,规定不能有身体的接触,即使在一起洗澡。最终两人极度厌倦,一次女艺术家狂躁地差点将正在洗澡的 X 光屁股拖到大街上。

看了这所谓的孤独我简直是气愤了,这就像一个要体验轮椅生活的人,硬是把自己绑在了轮椅上,这与那真正瘫痪在轮椅上的人一样吗?那差别就是只要他愿意,他可以随时解开绳子站起来。而真正的孤独不是刻意制造出来的,那是一条人力所不能解开来的绳子,一条无形的绳子。

所以我向来对作家体验生活抱有异议,我不是反对作家体验生活,是提醒,那只是你体验到的那种生活的皮毛。

伊壁鸠鲁派信徒确信父母爱子女是出于利益考虑,就是养儿防老,或是争取社会福利。一个有文学盛名的80后的人说,一个人巨大安宁的幸福,来自于自我献身的享受和自我欣赏。哈哈,我真想笑。我想说,第一种人永远不要对这类事发言。第二种人,最好等你当了母亲再来发言,不管你现在名声有多大。我还想说,母爱,那是自然而然的,想不那样都不成,就像分娩后自然而然的乳汁分泌。

3

这些天天气真好,阳光明媚,能出去走走该多好?大自然的美无与伦比,可我却不能欣赏了。"大自然"一词是最唯物的词,把一切都看作是自然的。即使按进化论,那也是无数代动物付出的代价,也不是自然而然的。那山水看起来是恒定不变的,可我们看得出太阳有什么变化吗?据科学家说,太阳每天都在变,我们每天面对的都是一轮崭新的太阳。

我现在看人的视线多是下潜的,我看到太多矫健的双腿,特别是那肌肉发达的,走得飞快的,让我羡慕不已,那是一种怎样的幸福呀!谁不会走路呀,自从幼童蹒跚学步到成年,谁把走路当回事?那是太自然的事了,自然到被忽略,我们每天都在重复的动作,一旦失去才知道那是多么的重要,多么的珍贵。走路,走路,目前我最大的愿望就是能正常地走路。这几年连续不断的损伤，似乎把一生一世的损伤一口气完成了。这是最漫长的一次，9个多月了，何以堪？9个多月，至少20多次的重新损伤，每一次我都以为是跌进爬不出来的深渊了，可每一次我都挣扎着爬出来了，但至今还没爬上岸，上帝是让我学习百折不挠的功课吗？

所有医生的说法都不一样，即使同一个医生也前后不符，一定是被我顽固的病腿弄蒙了，我找不到和我一样遭遇的人。昨天又给关节专家夏主任打电话，我问为何久不痊愈？他说软骨……本来他诊断是韧带，韧带比起软骨真是小ks，因为软骨周围没有血管，甚至很多医生断言软骨是不能康复的。他说特别是老化的软骨，有的越来越严重。我本想问问可不可以手术摘除，就像摘除阑尾、胆囊那样，与那可恶的软骨彻底划清界限。但他是很有名望的专家，时间宝贵，我不敢打扰太久。他最后一句还是给了我阳光，他说："我估计你会好！"好在我是个很有信心的人，医生说我能好一分，我就认为我能好三分甚至五分。

我原单位（医院）的老同事，如今已是医院副院长了。他说了一个跟我年纪相仿的人，做了关节手术后依然不能康复。也是因为软骨退化造成康复艰难。我有些蒙了，对于老化退化这个问题我不认同，我明明是摔了一跤的，难道衰老是这样的突兀？这样的跳跃？是今天18岁，明天68岁吗？衰老是浑然不觉的缓慢，一夜愁白了少年头更多的是在文学作品里。

没有任何的路标告诉我前方是何处，不是所有的病痛都是朝着必好的方向发展。我是那在茫茫旷野跋涉的人，我必须做自己康复的医生，不断地总结经验，寻找规律。史铁生在《病隙碎笔》中说到一个哲学家告诉他，久卧危榻难有无神论者。我虽没有危榻的严重程度，但长久反复地一次次被困于有限的方圆，使我看到了人的无奈与渺小。我不得不把渴求的目光从人中上移，移到头顶三尺的地方，我渴望奇迹。

4

再过几天就是春节了，儿子就要回来了，多么盼望在他回来之前好起来。没有告诉他，不想让他担忧。我总是摔跤，他已被我吓成惊弓之鸟，总是打电话很突兀地问："你好吗？"我回答得都烦了。最近他不再这样问了，我就真的不好了。他对我又何尝不是这样？他胃肠炎，半夜去打吊针。他打球鼻骨骨折，回家时鼻梁上贴着胶布，不让我看。他无微不至，他给我买衣服给我买护膝，买冬天洗碗用的橡胶手套，买我所有爱吃的食品……我去厦门学习，他就带着我到处吃他吃过的好吃的饭菜，想把世界上所有的好东西一下子都装进我的胃里。我幸福得头发晕，把手机都丢在了餐馆里，他便回去找。他送我上车后，忽然怕我手机又丢了，就给我打手机看看我是不是带在身上，这才放心。坐在车上，我想哭，感谢上帝让人有泪腺，当悲欢超过我们承受的限度，便可以开闸泄洪。我坐的那个位置正好适合哭泣，左右无人，前后的人又都看不见。

忽然想起他小时候做作业，怎么都做不好，我嫌他笨就踢了他一脚，我当即就害怕了，因为我听到骨头咔嚓声，那晚，我哭到半夜，起来看他，小脸还挂着眼泪。我怎么会有这么粗暴的行为？我听一个去美国的华人抱怨美国法律的荒唐，说，自己的孩子都打不得，有什么意思？我却好羡慕这个法律，在我情绪失控的时候，谁来约束我？时间过去很久了，我忏悔了再忏悔，还是不能原谅我那罪恶的一脚。我愿意我频频摔伤的这条腿就是那条罪恶的腿，罪有应得。可这又给我的儿子造成了负担。

5

不知睡了多久，醒来已是晚上6点多钟了，还是被电话铃声叫醒的，是母亲打来的电话，询问我的腿。6点钟的房内很黑了，风掀动着窗帘，把暮色一扇一扇地送进来，有一种凄凉的味道。好久没有这样观看暮色了，暮色比房间亮，平时天一暗下来就开灯了，没有注意。他从超市买了菜回来，开始煮饭。我想帮一手，他说你赶紧去坐着吧！言下之意很清楚，我那条不经摔的玻璃腿他是怕了。我悻悻地开电脑，他进房间扫地，说，要命！你这腿都几次了。他说得对，我知道这样不好，可我没有办法，劫难说来就来，我无处可躲。

一会儿他说饭熟了，像是命令。他不常做饭，以前我会斩钉

截铁地说"你先吃！"可仰赖别人是没有权力说这话的。三菜一汤，难为他了。喝一口汤，奇咸！再夹一口菜吃，又咸又辣，那青菜就像是腌过的咸菜。他是个厚味主义者，油盐糖醋辣，口味重极了，尤其吃盐很凶，比我父亲还凶。我父亲原来抽烟很凶，一天要两包多。医生说他气管不好，最好戒烟。于是他说戒就戒，没有一点反复。他自己都自豪地说他很有毅力。可是这些年他血压高了，让他少吃点盐，他是怎么也办不到。看来，有些人戒盐比戒烟难，习惯比本性难移。

我还是勉强吃了两碗饭，本来不敢说什么，他自豪地问："菜做得怎样？"我于是就照直说了。他发火："那我以后就不要放盐了！"他脾气不好。他曾买回螃蟹让我煮，他吃了非常生气地说："简直没法跟你过！"因为我没按他的习惯，把螃蟹煮得连里面的肉都发咸，还要放很多味精，吃得嘴唇都发疼。我无心厨房之事，早年还有些兴趣。那时他父亲从老家来，品尝了我的厨艺便赞不绝口。总让他妹妹也就是我小姑，跟我多学着点。我婆婆也不善烹调，每次吃我婆婆做的饭菜，心下就同情起我公公，这样的饭菜怎吃一辈子。但我婆婆也有她的长处：擅外交。老家话叫"嘎伙人"。

其实，别小看了烹调，这也是需要天赋的。我的母亲很擅烹调，她还会裁缝，针织活更绝，算是远近闻名。和母亲相比，我是什么也不会。

吃完饭我从他身边过，说你要是不把公积金投放股市，也不必那么辛苦自己做饭。我心里有些内疚,我应该在说出真话之前先表扬他一下,毕竟他辛苦了一番。一会儿,他拿了橘子来给我吃,他是否也内疚了?

6

我看不清康复的脚步,它有时是静止的,好久好久都不肯往前迈一步,有时是循序渐进的,还有时是倒退的。还有,就是忽然地腾空一跃,拔高到我不敢仰望的高度。我原以为五一可以出去旅游的,却远远没有康复,就想国庆节肯定是行的。现在时候近了,感觉那依然是个梦,就在我灰心的时候,我的腿忽然就好了许多。就好像那植物不是一天天长大的,而是忽然有一天成了参天大树。我承认,这其中的奥秘非我所明。

7

人是忘恩负义的东西,在我的腿好转之前,我是多么渴望好转呀,它超过了我所有的愿望,包括我最高的理想,这让我深深体悟到健康的重要。那将是怎么的欣慰呀,我总是一遍遍地想象康复的狂喜,想象甚至越过康复之后蔓延着,等腿能走了,我要去为我的母亲买一款衣服,我要去拜访我的老师,我要弥补我亏

欠的朋友……那么多的计划都在肚腹里酝酿。刚刚看到康复的曙光，我真的非常高兴，我想在人群里高声唱歌，实际上我坐在那里看月亮，我的快乐漫溢着。可是，才两天，我就不那么高兴了，而是别的细微的、不重要的事情又让我感到忧愁了，人真是忘恩负义的东西。我给儿子打电话说我腿好多了，让他不要挂念。他回电话干涉我的康复计划，我竟然性急地吼起来。接下来我又被一个势利小人所做的一件事伤害了，我的可怜的自尊心呀，与其说是自尊心，倒不如说那是我脆弱的、不堪的内心深处。我为什么这么着急？我为什么那么生气？那重要吗？我的腿好多了，干吗还要对这些小事认真？我真的搞不清楚。看来一个经历大风大浪的人未必就是一个从容的、坚强的人。

8

人是怎样对待病痛困苦的？每一次劫难，朋友都要重新排序。因为有人把这看作霉气，躲之犹恐不及。文章本来的题目是《病中书简》，发到博客也让人望而却步，只好改成《随手书简》了，最后还是删除了。我甚至不敢告诉某些人说我病了，不仅仅怕人麻烦，主要还是自卑的体现。这到底是怎么回事？不是说苦难是财富吗？不是说苦难是化了妆的祝福吗？那么躲避和歧视病痛困苦不就如同躲避和歧视财富、祝福了吗？人又为什么要在财富、祝福面前自卑？因为人终归只能看到表面的。

尽管自古以来，大凡成功者都有磨难的经历，尽管孟子早就说过"故天将降大任于斯人也，必先苦其心志，劳其筋骨，饿其体肤……"可是生活中不也有那些多艰难困苦的平庸者吗？人生这一盘棋岂能全盘皆输？有些人看到某人遭难，暗地里说那是报应，还说，那么痛苦地活着，还不如死了。有人就真的不能忍受而寻了短见，这才真是全盘皆输了。看来，祝福来到，我们是不是有一个从容迎纳的心态，这很重要。我愿以此念来安慰自己的心灵。

9

去医院拍片的路上，从车窗望去，我看到一个断了一条腿的人，架着双拐在路上一迈一迈地走。空着的那条裤腿，在风中飘摇，一股悲凉袭上心。若是平时看到这场景我不会太在意的，也不会多想什么。对于别人的苦难我们常常是麻木的，而自己受苦时，就会抱怨："为什么我这么苦？"好像我们生来就该享福，别人就该受苦。我们何德何能只配享福？我们究竟对宇宙做出了什么贡献？我相信，我从车窗看去的这一刻，是上天特意为我安排的场景，告诉我，不要抱怨了，你比他幸运多了，你还有双腿。想起史铁生《病隙碎笔》里说："生病的经验是一步步懂得满足。发烧了，才知道不发烧的日子多么清爽。咳嗽了，才体会不咳嗽的嗓子多么安详。刚坐上轮椅时，我老想，不能直立行走岂非把人的特点

丢了？便觉天昏地暗。等到又生出褥疮，一连数日只能歪七扭八地躺着，才看见端坐的日子其实多么晴朗。后来又患'尿毒症'，经常昏昏然不能思想，就更加怀念起往日时光，终于醒悟：其实每时每刻我们都是幸运的，因为任何灾难的前面都可能再加一个'更'字。"

看来人的幸福是需要不断地比较，不断地自我提醒，不断地感恩。这是一种从容的人生态度。是的，我已经对我久病不愈的腿不那么在意了，我开始感谢生命，我每天多次对自己说，我很幸运，因为我还有腿，因为我的腿没有恶化，还越来越好转。这样做，我变得快乐起来了。没有想到，奇迹也在悄悄地发生，我似乎已经感觉到那个结果，我拭目以待。

中医院

> 我要在你身上去做春天在樱桃树上做的事情。
>
> ——聂鲁达

中医院就在新潮路的中段,每天都有很多人进进出出。有横着进去竖着出来的,也有竖着进去横着出来的。这横着出来的有手术后回家等待康复的,也有去天国的。病了几个人或死了几个人,太阳照样升起在新潮路的上空,就好像什么也没发生过,新潮路照样喧闹,照样灯红酒绿。其实谈不上灯红酒绿,因为新潮路在这个小城算不上繁华路段。新潮路不新,尤其是这家中医院,门诊和病房的建筑物已经有了苍苔色,原本的青蓝色已经淡去,不像西医的那些大医院,不断地有新楼盘浮出地面。我不知道当初的建筑设计师为什么选了青蓝色,但在我看来,青蓝色是天空的颜色,让人敬畏的颜色,生命也是让人敬畏的,我们总说"人命关天",日复一日,这颜色总在不厌其烦地提醒着每一天走进这座大楼的医务人员:职业神圣、责任重大、不可掉以轻心。

新潮路也不潮,沿街都是些夕阳行业的店面,服装店、缝纫店、CD 店，还有摆摊修理钟表的、修理自行车的，新潮路赶不上时代的潮流了，但也熙熙攘攘，这些个热闹除了这家中医院的缘故，其余都是来自掺杂其间的小吃店，有卤面店、牛肉店、豆花店、粉肠店、快餐店，等等。无论科技怎么发达，人还是要吃要喝的。混杂其中的这家中医院还颇有些名声，若是有人不幸伤筋了动骨了，总会有几个热心市民为其推荐这家医院的骨伤科或康复科。也就是说这家医院久负盛名，更多的是因了它的骨伤科和康复科的品牌效应。骨伤科是这里的大科。一进这家医院就能看到，门诊部的走廊里，朝南的一面，一长溜的门诊科室，足足有十来间骨伤科诊室，都快赶上北京积水潭医院了。

　　其实这家医院能够存在这么久已是奇迹。这是一个风驰电掣的时代，一切慢的东西仿佛都在被赶尽杀绝的途中。中医药的性子是慢的，慢到就要淡出这个时代，不是现代高科技和网络可以替代的东西，不是"出名趁早"的东西。中药，写作，我不知我是怎样就选择了这两个慢功力的行当，中药，曾是我的职业，写作，一直是我的爱好。中医药的果效不像西医药那样立竿见影，中医药是需要点耐性的，一点一点的。我以为金贵的东西都是慢的，小马、小牛、小羊等等的低等动物生下来不久就能站了能跑了，而一个小孩子需要大约一年时间的养育方能迈步，人自然比动物金贵多了。同类的，就拿植物类来说吧，我曾去过一家林场采风，林场老场长指着一棵树说："这是印度紫檀，已经生长 100 年了。"我吃惊地张大了嘴，因为这棵印度紫檀的树本还是那么细。在林场,在由各种植物组成的大片林子里,金丝楠木、黄花梨、紫檀属于极贵重的树种,皆为树干挺直,密实的材质铜皮铁骨,这些树实为树中君子。这些贵重的树种都有一个共同的特点,生长期都极其缓慢,紫檀每100年才长粗3厘米,金丝楠木是古代帝王的御用材质,有"帝王之木"称号的金丝楠木成为栋梁材也是要等个上百年。我愿意把新潮路上的这家中医院比喻成一棵珍贵的树木。

虽然新潮路不新也不潮,但你要是从新潮路拐进这家医院,还是能立刻感到从一个多彩的、热腾腾的世界跌进一个单色调的世界,就像钱币的两个面,一面是温馨的花草图案,一面是硬生生的数字。和所有的医院一样,这家医院的内里也是白色的,白的墙、白的桌椅、白的医疗器械和穿着白大褂的白色医生、白色护士……无论外表的建筑是什么颜色,赤橙红绿青蓝紫,但内里一定是白色的。白色是恐惧的颜色,我们喜欢说"白色恐怖",很多人对医院有恐惧感,尤其是小孩子最怕进医院了。我在经历了膝关节的几次手术后,走进医院也是不由得恐惧起来。白色也是冰雪的颜色,是冷色,可以暂时冰镇一下俗世的燥热之心、虚火之肺。

骨头是我们肉体之身的栋梁,人体共有206块骨骼,当某根或某块支撑我们肉体尊严的栋梁出了问题,被火热的脚步绊了一下,就必须让生活的节奏慢下来,在这里与白色同步。这里还有与西医医院不一样的地方,是多了些温馨安妥的。很快我就知道了这温馨安妥来自于这里的中草药气味，这里的大药房整面整面的墙被植物占满，那些一层层叠加的多宝格抽屉里装满了植物的根类、茎木类、叶类、花类、皮类、全草类、果实种子类、藻类、树脂类等等。这氤氲的中草药气味，让我想起余秋雨在一篇文章中写到他在新加坡时走进一家中药店的感受："我觉得，没有比站在中药店里更能自觉到自己是一个中国人的了。"也就是说中草药让人想到古老的家园与根脉，我们这个民族与草木有着深厚的渊源，《诗经》里随处可见把人和植物一同描写，比如："蒹葭苍苍，白露为霜。所谓伊人，在水一方。""彼采艾兮，一日不见，如三岁兮。""彼泽之陂，有蒲与荷。有美一人，伤如之何？"百草的馨香、百草的谦卑一脉相承。还有神农尝百草，神农让草木不止于此，神农没有让夭夭之花、蓁蓁之叶止于观赏，他让植物对人类有了更高的使用价值，老祖宗用5000年的时光在植物上见证一个民族的智慧。

中草药的气味也让我想起若干与中草药有关的过往。我曾在上山下乡时当过赤脚医生，其实就是一个农场老中医的助手。一间阴暗破旧的小屋就是农场卫生所，那些干枯的树根草叶便是救人的药。老中医有七十来岁，姓杨，当地人称他杨桑，闽南话"杨桑"就是"杨老师"的意思，这句闽南语有点日语的意思。来找老中医看病的除了本农场的农民还有一些远道而来的外乡人，老中医在里间对着病人"望闻问切"四诊之后，又应用阴、阳、表、里、寒、热、虚、实八纲辨证，最后把施治的处方交与我，我负责配药。

有一次我看见处方里写着"没药"百思不解,心想:"没药你开什么方子?"杨桑看出我的疑惑,就说,那个字念"mo"不念"mei",为橄榄科植物地丁树或哈地丁树的干燥树脂,具有散瘀定痛,消肿生肌之功效。我这才恍然,并为我的无知难为情,但那时的我依然看不起中医药,觉得中医中药就是老土。可是杨桑整日要我跟着他学习中医药,让我背诵那些无厘头的《汤头歌诀》,什么麻黄汤、小柴胡汤、大柴胡汤、四君子汤,等等,我不淡不咸地背了几首,那时候年轻,记忆力真好,至今还能张口来上几句:"四君子汤中和义。参术茯苓甘草比。添加夏陈名六君。祛痰补气阳虚饵。除却半夏名异功。或加香砂胃寒使。"香砂六君丸就是这么组方来的,就是木香、砂仁再加六味药(党参、白术、茯苓、甘草、陈皮、半夏),六味药被称为六君子,可见古人对于治病救人的草药是多么的敬重呀!那个时候我是不敬畏的,也不只是我。一天,一群原本在外面晒太阳的男知青一窝蜂地忽然涌到卫生所,让杨桑为他们把脉,查诊身体上有什么毛病,也许杨桑并没发现他们眉宇间的戏谑,杨桑将3根指头一一按在每个人左右手的桡骨茎突处,也就是中医诊脉的"寸关尺"处,与之对应的是心肝肾肺脾大肠小肠等脏腑的状况,那些波动的脉象如生命的暗流,当杨桑家将切诊结果和盘托出,那原本半遮半掩的戏谑变成了明显的带着点善意的哄笑,因为在杨桑的切诊结果,"肾虚"一说占据了90%,就连我也在窃窃发笑,若不是后来我见到那么多远道的慕名而来的病人,我恐怕就真的把杨桑当作"蒙古大夫"了。

此刻我来新潮路上这家医院,是看望朋友Y的。Y在这家医院的康复科住院。

Y有严重的糖尿病,加上最近腰椎病也越发的厉害。说实话,我的朋友Y住进这家医院很让我愕然的。Y的话一直在我耳畔回荡:"拿草木直接入药起码是古老的和原始的,燕青你不觉得这是一种落后吗?"Y是在酒桌上说的这些话,当然不止这两句,他说的时候很激动,人"嗖"地站起来,用手指使劲戳着酒桌,酒杯酒瓶都被震得叮咚作响,他慷慨陈词,话语像连珠炮,我和其他人没有机会为中医中药平反昭雪。而现今的他却开始看中医吃中药住中医院,生活有时像一出讽刺剧。我不知道这其中发生了什么,也许他听了中医治疗绝症的报道,但这样的报道总是真假难辨。有时别人的生活哪怕再正确也不能直接为我们所用,有时需要一些自己的经历。还是从我上山下乡时说起,我是因为农场卫生所老中医杨桑的助手远嫁他乡了,我才去顶替的。一天夜里,我们知青点一个女知青喝得烂醉,鬼哭狼嚎地喊着一个男知青的名字,奥秘石破天惊,我在惊讶之余就是替她害羞,可我一筹莫展,就去敲杨桑的门,杨桑一边准备药箱一边嘴里嘀咕,说没有葛花了,我问葛花是做什么的,他说可醒酒。最后他让我带上葛根,花没有了就用它的干。我带上中药葛根饮片和杨桑赶到女知青宿舍,她还在鬼哭狼嚎,劲头一点也没减弱,杨桑让我把葛根熬了给她喝,我一边熬药一边心里狐疑,心想这些树枝树干能治疗疯狂与痛苦吗?不料,药汤喝下去一小会儿,女知青就安静了,猛然地安静下来，我脑海里冒出两个字："神了"。

我怀孕那会儿，忽然腰疼起来，那时我已经在一家县级医院工作，住在我隔壁的黄菊花是工农兵学员毕业的中医，还保持着她农妇般的外表，没被小镇的时尚风洗礼，我是有点轻看她的，觉得她的着装与她的中医专业都草木一般卑贱。她热情地给我开了一剂中药，我是带着礼貌和狐疑的复杂心情喝下这酱黑色汤汁，竟奇迹般地立马好了。从那时起，我开始对中医药心生敬畏。后来我考上卫校中药剂专业，中药学科目的老师在课堂上说到"血虚脱发"时，我恍然大悟。我分娩时出了很多血，坐完月子后就一直脱发，前额几乎快秃顶了，按西医说法是缺钙，我恶补了一段时间的钙，依然没有收效。原来血虚也会脱发，我对中医中药的理解更加深了一步。中药方剂里有很多很好的补血剂，诸如四物汤、当归补血汤、归脾汤、阿胶，等等，现代医学研究果然证实了四物汤与当归补血汤中的"当归"含维生素 B_{12} 和铁、锌等多种微量元素，对于贫血有相当的疗效。看来我们的老祖宗比现代科学进步了好几千年，好些方剂都是老祖宗留给后人的福音。

中医的哲理性也是让人惊叹的，比如五行的相生相克，五行相克是："木克土、土克水、水克火、火克金、金克木。"说明万物有生有克，相互作用，万物得以有节制地产生，以此可对应人体的五脏六腑，可对应"酸苦甘辛咸"五味，可对应"青赤黄白黑"五色等。就拿"木克土"来说，由于肝属木，脾属土，由于木克土，所以肝病也会影响到脾脏功能。古人的理论，后现代也是可以检

验的,我们都知道得了肝病,一个很大的症状就是食欲很差。再拿五色里的黑色来说,黑属肾,现实中得肾病的人总是脸色发黑。我惊叹老祖宗的智慧之高,也因此对中医中药更有兴趣,那个时候我的中医基础课总是接近满分。还有那些诗一般浪漫的中草药总是让我惊叹不已,红花、青黛、黄连、白芷、黑丑、紫苏、蓝花参、绿矾,简直就是"以色列",一见喜、三七、五灵脂、五味子、七叶一枝花、八月扎、九节菖蒲,是以数字命名的。鼠粘子、牛膝、虎杖、兔儿伞、龙胆、蛇床子、马钱子、羊栖菜、猴姜、鸡冠花、狗脊、猪苓,都凑成十二生肖了,白薇、刘寄奴、何首乌、徐长卿、黄芩,酷似人名,我的一篇小说就是用了徐长卿和黄芩做人名的。

  中药还有"文火"、"武火"之说,就是把煎药的旺火和小火用"武火"与"文火"来形容,这描述实在很文学,让我一直觉得打开《本草经》的手,必是焚香奏琴的手。中药方剂中把药物组方的搭配用"君、臣、佐、使"来定位。这样拟人的名称既敬重也很文学。"文革"期间红卫兵认为这是封建帝王思想,于是就把"君、臣、佐、使"改成"主、辅、佐、使"。干瘪瘪的,很没劲。本来也没什么,不就改个名称么。可我读中药剂专业的时候"药剂学"科的老师闽南腔太重,"主"、"佐"的发音分不清,如果他不写在黑板上,我就不知道他说的是"主药"还是"佐药"。好在后来又恢复了"君、臣、佐、使"的叫法。看来老祖宗的东西虽不都正确,但那些经过时间淘洗留了下来的,一定有它的道理,不是谁想改就能改得了的,乾坤颠倒了终有扶正的时候。

现代医学科技发达得几乎让机器代替了医生，病人一进医院就挨个儿被一台台机器、仪器排网似的检查一遍，医生看完数据才诊治下药。相比，这家中医院的手法治疗对病体更有安抚作用，机器是冰冷的，手是有温度的，一双可触可感有血有肉的手，推拿、按摩、针灸、拔火罐、手法复位……病人多么需要一双能把人往春天里拉的手，需要一双回春有道的手。中医的一双妙手，让我想起聂鲁达的诗："我要在你身上去做春天在樱桃树上做的事情。"

在康复科病房，我看到了很多双这样的手，正在为病人做推拿、针灸、中药熏洗、穴位贴敷、艾灸、小针刀、关节松解、中药外敷等中医药特色治疗。康复科主任说，中医疗法的针灸，手法很重要，有时只可意会不可言传，就像调节收音机的音质音量。心中自有秘诀。

我去时，康复科病房治疗室里躺了很多的病人，门口过道上也坐满了病人，朋友Y面朝下伏卧在治疗室里，背上还挂着火罐。无论医院怎样扩建，大楼盖了再盖，病人永远比医生多。其中有很多是慕名而来的病人，从僻远的乡村，甚至是周边发达的城市慕名而来。护士长告诉我，病人多，这跟现代人的生活习惯有关系，熬夜、睡眠姿势不正确、看电脑一坐就很长时间，现在的手机族更是痴迷，一个姿势不动，对颈椎腰椎都有害。

我没有问Y是什么原因促使他来到这里。同在治疗室接受治疗的一位女士对Y说，她50多岁了，腰椎间盘脱出10个毫米，

以致坐骨神经受压，两腿不能合拢，只能呈外八字站立。多家医院的医生建议她手术。可她害怕这高风险的手术，绝望中来到这里，治疗两周就明显好转。Y说，是呀，来康复科就诊的，相当一部分是顽疾，是疑难杂症，患者往往在很多地方就诊过，医治无效才来这里的，抱着最后的一线希望，抱着"死马当活马医"的心态。哦，中医总是让人在绝望中看到一线希望，我心里想。我们的老祖宗早在《灵枢》里就指出"不可治"的病是不存在的，只因人们对某些疾病尚未认识，所以缺乏治法。虽然人是有限的，中医中药是有限的，但探索无限、科学无限。

红色的血，血色的红

1 我身体里的那条河

我行走经年的后桥街有一条河通入海口，河堤甚矮，河水像是贴着街面流。水是咸淡两合的，当太阳从天这边绕到天那边，诸水之间淡淡腥咸气氤氲开来，一种熟悉的感觉便会从体内泛起。那时我尚未意识到，我的身体里也有一条河——血脉。血在脉管里行，输布濡养全身，血是生命的重大内容。

早年，小伙伴云儿她妈，那么活蹦乱跳的一个人忽然就死了。她躺在土炕上，脸像一张透明的白纸。"血崩"一词从墙角那堆女人们嘴里蹦出来，不合时宜地将号啕的嘤嘤的哭声切割得断断续续。我仰着头大声问什么是血崩，大人们说小孩子家家问什么，没有人告诉我，但我已经和血、死亡离得那么近。常听人说某人身体不好，就说那人一点血色也没有。原本面色红润的云儿她妈躺在那里确实面如白纸的了，原来人活着是有颜色的——血色的红。血是生命的底色。

我失神地望着残阳铺展在黄昏里的血色，忽然，手被麦秸做

的蚂蚱拉伤，一滴一滴的血随着我小的指头滴落下来，我惊恐地哭着。每当我磕破了皮肉，本不觉得疼，当血强暴着我的视觉，意志便式微下去，血，鲜亮的颜色、腥咸的气味，昭示着事态的严重。血，成了我风声鹤唳的条件反射。说来也怪，血在人的身体里是好的，养人的，珍贵的。一旦脱离身体，离开了它该待的地方，就变成吓人的了；无论是地上的一摊血，还是一滴血。我不知道有多少人谈血色变，人的成长常要以血做代价的。小学同桌阿秀是个小女强人，敢跟男同学打架，我必须靠着花生米、爆米花的小零食来换取现实安稳。记得那次她从我的后侧搡了我一下，我正削铅笔，铅笔刀便戳破了我的手，鲜红的血洇在白色作业本上，意象凌厉，可我的哭声还未发出喉咙，阿秀已脸色煞白，那时我知道了还有比我更怕血的人。此后，我明显感觉出阿秀蔫了，不再那么骄横跋扈了。这是我以血为代价换来的，比花生米、爆米花的威力更大。

血，不都是红色的。那个夜晚我高烧不退，姥姥、姥爷背着我高一脚低一脚地赶到乡诊所，使劲擂开了乡诊所的门，一个漂亮的乡村女医生给我打了一针，我的高烧退了，我的姥姥、姥爷安心了。可是我注射的部位越来越痛，直至溃疡，患处先是流着淡红色的血水，再来是黄色的脓水，最后连路都不能走了。这是乡村医疗条件简陋，注射器消毒不严导致的深部感染。先是血水，后来是黄色的脓水，那犀利的痛是我无法忍受的。那年我4岁，据说4岁前能留下记忆的是天才，天性愚钝的我自然与天才无缘，是血是疼痛超越了遗忘，那段往事才没有消弭。

有一天我成了化验室的一名化验员。在那里，我对血有了质的认识。高倍显微镜下，我看到黄色脓水隐秘的内部，那些膨胀变形的白血球是脓水的成分，称为脓血球，脓血球是血液里白血球的尸体。白血球乃人体的免疫战士，当细菌侵袭肌体，体内就集聚大量的白血球，一场卫国战争便拉开序幕。本来，它们也许正休眠着，在人体某个风光绮丽的部位度假。得知有入侵者，便全民皆兵立即投入战争。这个时候你若去检查血象，白血球数目会超过正常指标，医生会告诉你，你身体的某个部位有炎症。白血球与细菌作战，冲锋陷阵成了烈士，从白血球变为脓血球。也就是说脓水是变质了的血。

2 他人之血

在化验室，我一针管一针管地从患者身上抽取血液，再把这些血分别注入一些玻璃器皿，比如玻璃试管，然后排列到试管架上等待检验。每天，我们都要采集大量的血标本，我们常说的一句调侃的话是"我们双手沾满了人民的鲜血"。血往往是传染源，沾满污血就是沾满传染病菌。在下班之前，无论如何我们的手是不敢轻举妄动的，下班后须经来苏尔液的浸泡，清水的冲洗，才敢换上自己的衣服。那一袭白大褂将我的生活分割成两个世界，脆弱的内环境与恶劣的外环境对峙着。一次，我端着采血盘到病房采血，因为新烫了个大S型刘海，耷拉在眉毛上，极不习惯，那S型刘海随着走路的晃动，渐渐地耷拉下来了，快遮住眼睛了，又不敢拿"沾满了人民的鲜血"的手去拨弄，眉毛就常不由自主地、下意识地往上挑一挑，正当我挑动眉毛时，对面病房门开处，一位男士与我照面而来，他一定以为我在向他抛媚眼了，就回应地也对我扬扬眉，眼里全是情色。这种事你又不能解释，心里就像吃了苍蝇，暗暗骂一句"神经病"，落荒而逃。糟糕的是他一连几天都守株待兔地等在那里，他在等我，他已经摸清了我每天来病房采血的时间，我每天走到这里，他就会分毫不差地打开病房的门，与我相遇，必是眉目传情。我把他当空气，置若罔闻地仰首阔步，几天后，他终于在我身后长长地叹出一口气，他一定以为我在作弄他耍着他玩呢。

我最怕的是做血交叉试验。需要输血的人必须与供血者做血交叉试验，这是一个风险系数很高的试验，特别值夜班时，我必须独自面对这个危险。他人的血，时时把我置于一个危险的境地：让我始终觉得一脚踩在医院，一脚踩在法院。

3 血象

化验室每天要做大量的检验项目，比如血常规、血沉、肝功、血脂、血糖、淀粉酶等等的检测。一管一管冷掉的血在形状各异的玻璃器皿里旋转分离，从那些凝固了的血浆分离出血清，借助仪器与各种化学试剂完成各种检测，再把结果填入报告单：阴性的、阳性的、一个加的、两个加的、三个加……气象台预测天气变化，我从血象检验人体生命指征。也就是说，气象是探察发生在天上的事，血象是探察人体的事。

　　血是深不可测的。古代刑事案件的验亲，就是将孩子的血、大人的血混合到一起，然后观其变，如能相溶即为亲生，否则就不是。当今科学已经发展到了DNA的亲子鉴定，自然比古代的滴血验亲进步多了，这愈加证明了生命的密码、遗传基因与血的关系。有段时间，我痴迷于血型的神秘，我对照"血型与性格"的流传说法，利用我的职业之便利，为朋友们验血型，我先猜他们的血型，然后再采血验证。血，成了我探索性格密码的智力游戏。我的一位水性杨花的女同学，所到之处必有男人栽倒在她的榴花裙下，后来我发现她血脉的上源——她母亲也曾这般风流过。我的血液里也有让我恐惧的东西，有时它让我奋不顾身，有时又胆怯不堪。血液通过脐带像一条绳子透迤绵长地延伸，却能牢牢地把几代人捆绑在一起，让獐头鼠脑的再生那獐头鼠脑的，闭月羞花的再生那闭月羞花的。让人江山易改，本性难移。人被性格困窘着，就是被血液控制着。人生路，无论是鲲鹏万里的志满意得；还是敝间陋巷里的落魄潦倒，都不能抵挡那血腥气一路的逼逐，人是不自由的。

4 血,水谷之精华

血是维持我们生命的物质,又是经由物质转化而来。中医说,血由脾胃水谷的精微化生而成。人之所赖,药食为天。当饮食经过脾胃的消化后,将精微部分和津液结合吸收,上输到心肺,再经肺的气化作用而变成血。中国人自古就擅美食以养身,早在周天子时代,宫廷就设有食医,即掌管调味和配食的医生,类似于现代的营养师。《医师章》有"食医掌和王之六饮、六膳、百羞、百酱、八珍之齐"的记载。民以食为天,人以麻、黍、稷、麦、豆五谷杂粮为主,以猪、牛、羊、鸡、鸭、鹅六畜为辅,以水、浆、醴、酿为饮。食物进入人体,转化成气血津液,这真是最奇妙的化学变化了。

因人体构造的复杂奇妙,我们无法窥视食物是怎样一步步变化成血的过程,只能看到变化后的结果。过程,也许缓慢得就像花瓣的绽放,像地平线的弯曲。西医理论自然是血液从骨髓里造出来的。但无论怎样,我们的生命确由别的生命喂养的,只有生命形式的物质才能维持我们的生命。有时想,倘若大自然有生命的植物、动物都灭绝了,人还能凭借自己的聪明为自己创造可食用的植物、动物吗?人能造飞机、火箭、宇宙飞船,可再聪明的人也不能凭空制造一颗卑微草芥的种子。人的创造不能从无到有,如同巧妇与米的关系。血是水谷精华化生的,水谷精华是血的源头，而水谷精华又是来自于大自然，不由得对大自然的神秘与丰盛无比敬畏与感恩。

我所居住的闽南亦属繁富庶地，闽南人也最懂进补养身之道，那些暮雨生寒的冬日也是补血滋阴的好时节，老母鸭炖当归、熟地的黏腻香气便在街衢里巷飘荡。待炎炎之夏到来，清热凉血生津的石斛、百合、莲子便在紫泥炖罐里焖着。天生万物之精华珍馐，被人不惜重金搜罗进肚腹，以滋养血气。然而，在化验室我看到了生命的另一种走向，一种以卖血为职业的人——输血员，在他们那儿，血竟然是可以买卖的，在此之前我是无法想象的。他们中有来自农村的农民、有城市的无业人员，成分复杂身世多舛。遇上需要输血的病人，我们验完血型，便按血型通知待召的输血员来做血交叉试验，倘若可以，一桩血的买卖就成交了。那个形容枯槁的女输血员，为了多卖一次血跟人大打出手。他们中有些人频频在多家医院穿梭往来，最初的维持生活的本意已成贪欲。金钱是比生命重要的？他们因为频频抽血，造血功能也异常活跃，身体成了一架疯狂的造血机器。后来，一位输血员因恢复公职忽然停止输血，不多日便听说他脑溢血猝死。他是被他身体里的河水淹没了。

5 流血，女人私密的圣经

那一刻，我的儿子出生，不是涉水而来的，是踏过血河。那一刻他那么像他的父亲，我更愿意他像我多些。这不是我能掌控的，实际上我又能掌控什么呢？是他的性别、他的智慧、他的身高吗？我其实更愿意他是个女孩，可以扮靓的女孩。他的相貌与性情越来越像我了，甚至连他讨厌我的那部分，也像狗皮膏药一样黏上他。他以责怪的口吻说："妈，我的优柔寡断就是被你遗传的！"我知道我们之间有一条看不见的河——血脉贯通着，以至于他的痛就是我的痛。我们之间的关系，血浓于水。

血是女性的宣言，当血像潮水一般出现在女人的身体里，我们才算长大了。闽南话把女孩子的初潮叫"顿大"。是的，女人的长大与衰老都是那么顿然、决绝的，并非男人那样一点一点的像顺溜的抛物线，没有明显界限。

女人的初潮、初夜、分娩、更年都与血有关。女人的一生就是持续流血与失血的一生。散文家周晓枫说过："月经就是在我体内发生的月蚀。我的性别决定我将终生遇到来自肉体的麻烦。""月经"一词，在我们那个年代几近淫秽之词，当我们初次与它相遇时，是那么的惊恐。我们从一本暗地里传阅的《生理卫生阅读本》上获得一点可怜的知识。上初中时我们班里发生过一件事，一个新分配来的年轻男老师，上课时提问一女同学，那女同学没有站起来回答他的问题,他以为那女同学蔑视他,非要她站起来。她站起来了,雪白的裙子上是一朵朵殷红的花朵。她坐在前面第二排,那么多惊诧的眼睛像是花上的蝶与蜂。她哭着冲出了教室。而那个男老师却不知所以然,当别的老师告诉他,他依然懵懂地问什么是"月经"?我们曾经与血是这般的陌生。我的初潮如江河决堤般迅猛,那痛也是迅猛的。一生最美好的时光被每月一次的痛频频截断,从止痛片到注射肾上腺素亦无能为力。血,让我因此有一种病态的敏感,血与痛同源,那些性感的丰乳肥臀岂不都是血与疼痛浇筑的吗?

6 血的杀伐、火焰与冰

朋友说他"缺铁性贫血",问我该吃什么。细想,血竟与"铁"这样冷兵器般的文字有关,古人迷信的"血光之灾"似乎吻合了"铁"那刀光剑影的杀伐之气。我们这个民族有着对血液的崇拜情结,歃血为盟是古代缔结盟约时以血为祭祀的一种仪式,把牲畜的血涂在嘴唇上表示神圣与诚意。后改为喝血酒。清末民初,江湖帮派盟誓将割破手指改为鸡血代替,将鸡血滴入酒里决志盟誓。血,它的里面含着铁,有着铁的意志和力量,缺了铁的血被称为贫血,是孱弱的不足的血。

红,血色的红是用来比喻"热烈"的一种颜色,也是极不安分的颜色,据说能撩拨起人的一些情绪。陆文夫的小说《井》有

一段这样的描写:"徐丽莎和朱世一结婚的唯一标志,就是在那四扇长窗内拉起了一道红色的窗帘,马阿姨站在井边上看到了直咂嘴,这窗帘怎能用红色的呢?红是火色,人看了容易来火,小夫妻看了是会吵嘴的。"

我们也常说"热血青年"这词,的确,血的温度将随着生命的衰微而渐渐走向冷却,有些老人即使在炎热的夏季也要穿厚厚的衣服,手脚这样肌体的末端依然还是不能被血濡养而冰冷着。这是生理的冷。这世上也不乏一些冷血是来自心里的冷,冷却的血就容易使人变得残酷,用"冷酷"一词来形容非常准确,"酷"有着"酒"的偏旁,酿酒是一种质变,冷酷人的血已经发生了质的改变。美国好莱坞吸血鬼大片很火爆,有一种诱惑人看下去的恐怖。但我不喜欢那么冷酷与恐怖,我更喜欢我们的聊斋:"……那梅花妖精神恍惚,想必是中了迷魂术。她咬破手指滴一滴血于梅花心蕊,破解了摄魂术的符咒……"我喜欢这样的意象,人体里的一滴血就能破除法力了得的摄魂术。这是怎样的魅惑?美女的一滴血,梅花的心蕊,张爱玲心口上的一颗朱砂痣。

然而,冷酷的凶杀还是常常发生的。几个年轻人在一个夜晚潜入一家民宅,将母子俩人活活砍死。第二天,几个年轻人就到歌舞厅狂欢去了,公安人员在娱乐场将其捕获。那些血,那大片大片的鲜血在他们安静的眼里已经不是血了。我更愿意相信他们是因为灵魂的恐惧才沉迷于肉体的狂欢。卡波特的《冷血》,有人指责他把杀人狂佩里描写成了一个脆弱、敏感、值得同情的社会受害者。作者以1959年11月发生在美国堪萨斯州的一起灭门血案写就的,他在历时6年多的跟踪调查中,笔记多达6000多页。农场主赫伯特·威廉·克拉特和他的妻子及两个十几岁的孩子被人在家里枪杀。卡波特说:"我和佩里就像在一所房子里长大的孩子,不同的只是他从后门出去而我从前门走。"佩里从小家庭破碎而在收养所和军队受到虐待。卡波特是从佩里身上看到自己的影子,才有深刻的怜悯。倘若那些血只停留在眼睛里,而不是从眼睛抵达内心最疼痛的所在,那么它给我的就只是新闻的喧闹。在我的眼里血永远是血,永远不会变成红墨水。

那些无处不在的恐惧

1

在炎热潮湿的南方，我的恐惧无处不在。

卧室的门敞开着，电视画面颤动着，正在报道一个有关爆炸的国际新闻，人群骚乱，一具血肉模糊的尸体被人从一间屋子里搬出来……而我自己的这间屋子里出现了一只蟑螂，它微小的窸窣声就能改变我的视线，抢占我的视野。我连打了几个寒战，它让我瞬离了的意识，迅速从世界某个骚乱的地方回到自身，从战争、死亡回到日常。此时，一只蟑螂比一具尸体更让我恐惧。这实在有点荒唐，它削弱了我本该有的正确感应。从电视里看一具尸体，与你从身边看一具尸体是不一样的，同样的东西因为距离不同而不同。局部战争同样发生在现实中，却因为不在身边而显得不现实，有点像面对鲜花与塑料花的感觉。

我知道我家有蟑螂，还远不到夏日，蟑螂们便恣意繁殖起来，将我的恐惧无限地扩大。我一年里有半年时间要和它们过招，它们从下水道从不明之处不请自来。我用尽各种灭蟑剂屠杀它们。

但过段时间它们又会卷土重来,有着名副其实的"小强"之称。但它们基本上都在夜晚的厨房里活动,那里有它们需要的食物、水源。夜晚的我是不进厨房的,在一墙之隔的另一个空间里苟且偷生,也基本上相安无事。

这只蟑螂显然是一只不守规矩的蟑螂。这只体型壮硕行动灵敏的蟑螂是它那个族类里的猛男吧?我不知为什么要认为它是雄的,也许是因了它越界的野心。它飞快地跑动着,近乎一种逃命,显然是我因惊吓而弄出的声响惊扰了它。我怕着它的同时它也怕着我,我不知道我们谁更怕谁。可它却离我越近了,这个盲目的家伙。从见到它的那一刻起,我就想逃离这间屋子,可我的一只拖鞋离开我的身体有一定距离,蟑螂忽然停下来,原地不动,却离我的那只拖鞋很近。我轻轻地拎起另一只拖鞋,对准它砸过去。短兵相接让我从绝望里生出勇气,我要砸死它,至少把它从我的房间撵出去。可我没有命中目标,它显得更强大了,我的恐惧一下子升级了。我的肾上腺素大量分泌,肌肉紧张,呼吸加快,体内应急系统被调动起来,可我的一条腿受伤后就不配合体内的应急系统,不听指挥,不敏捷,肌体的其他部位带动不了笨重的一条腿,一条腿却将我的身子向后拖曳,我一个趔趄,向后倒去。后面是我的一张大床,我迅速摊开一条毛巾被,从头到脚裹住自己,我在这被裹着的毛巾被里瑟瑟发抖,而恐惧却在这之外的一个更大的空间里弥漫。我怕这个糊涂家伙飞到我的毛巾被上,我的毛巾被有着与它同样邪恶的暗褐色。单单这个想象就让

我毛骨悚然，我不敢动弹，我成了它的一小块殖民地。我只露出我的眼睛，哦，它在墙上，我的恐惧从平面变为立体。我一刻也不敢将我的视线挪开，我密切监视它的动向。心理学有一个说法，就是长久地注视让你恐惧的东西，可以消除恐惧。可我注视它越久，就越是恐惧。时钟的滴答声尤为突兀，一点一点数算着我的恐惧。

有资料说蟑螂携带乙肝病毒、致癌物质、寄生虫卵等40多种病毒，是人类健康的隐形杀手。然而我心里清楚，我的恐惧不是来自这样理性与科学卫生知识，不是来自于疾病、癌，这样遥远的因果的东西。我的恐惧是非理性的，即时的，显性的而非隐性的。它头部的复眼、扇动着的褐色鞘翅、覆瓦状排列的肚腹、带毛绒的腿，都是我恐怖的直接原因。我保守着这个秘密已经很久，因为知道的人总是带着不解责问我，怎么连蟑螂也怕？我无法回答，这样的怯懦让我的恐惧无处安放。我也常常思索这个问题，我也不明白，我这个135斤重的万物之灵为什么怕着这样一只小虫，这是非理性的，找不到答案的，更像是与生俱来的，本能的，不可逾越的。

那位威严的女领导，板着脸端足了架子，让我感觉我们之间有无形的界限，像契诃夫《小公务员之死》里的将军与小文官。有一天，惊叫声从某个办公室传出，迅速抵达办公楼的每一间科室。恐怖笼罩了我们，以为凶杀的阴谋正在某处进行，却见她尊容失色地狂奔而出，两手在头顶狂舞着。有人冲进她的办公室，投入保卫领导的战斗。可是除了一只蟑螂在四壁间飞来飞去，什么也没看见。一只蟑螂使她没了体统，威严不再。威严和恐惧，它们不能同时出现在一个人的脸上。将军与小文官的界限没了，我看到有人和我一样脆弱，我感到了平等，都有点要感谢蟑螂了。

我一直为我生存在这个没有战争的和平年代庆幸，我甚至很阴暗地想，那么多大型动物濒危未尝不是幸运。小时候在老家听老人说起，在野外干活的人遇见狼呀、狗熊呀、蟒蛇呀什么的是常有的事，那些留在记忆里的恐惧已成天方夜谭。可是我却怕着一只蟑螂，人的威胁都只是那些小动物了，它们与人的关系更密切。要是武松再世，杀一只猛虎不再是英雄，而是罪犯。据说蟑螂是最古老的昆虫之一，曾与恐龙同时代，可庞大的恐龙早已灭绝，而这个小虫却留存了下来，恐惧，从古老就预备好了。这卑小的虫子说出我的恐惧，让我无地自容，由于这世上有蟑螂，我的人生便是一截不断重复的恐怖史。

我也不都是怯懦的。我饭厅的壁台上摆着一瓶蛇酒，那条蛇在酒精的作用下被新鲜地保存着，它的身体呈盘旋腾跃状，环纹清晰，脊背上的黑色鳞片闪着光泽，像是活着的。可我并不害怕它。蛇，我曾经打死过一条，还因此被人刮目相看。看来，怯懦还是勇敢，都不是我能控制的。

2

金贵苑,这个小城最早的高档小区。金贵苑建于80年代中期,说小区也就是一座楼,住在里面的都是改革开放最先富起来的那批人。小区里种植着几株桂花,取"桂"与"贵"的谐音。这栋大楼只有5层,却配有电梯。我要去的那户人家只有女主人,她是我的一位同事,这位当年的富婆如今已经落魄,她曾在她装饰奢华的豪宅里宣布她不再上班了,她在工厂里做着危险系数很高的车工。虽然她老公已跟别的女人有染,也扬言要跟她离婚,但这豪宅归她了,还给她留下10万元钱。80年代的10万元靠利息就能过好生活了。一晃20多年过去了,不说金融危机金钱贬值,单单利息就已降了好几个点,靠10万元存款的利息过好生活已是痴人说梦。

这些年这个小城的城建如火如荼,那么多拔地而起的高档楼盘,电梯早已普遍。

如今的金贵苑小区已显露出了颓旧的面目,它里面的主人也今非昔比了,很多人生意衰败,有的躲避债主,逃路在外。小区门口的岗楼还在,里面却空空的看不见人,莫非这里面的人连保安也请不起了?也许是不再需要保安了,这里已经不再引起小偷的注意了。一阵苍凉袭上心头,遂感叹金钱是多么靠不住的东西。我按了电梯,在惰性金属发出的叹息声中,我迈进了这个比别处更显庞大也更显笨重的电梯里，当指示灯在4楼处停顿，红色信号灯闪烁着却没有开门的意思. 我忽然恐惧起来，我想我是被困在了里面，那一天我恰好又忘了带手机，恐惧让我胡思乱想，胡思乱想带来了更大的恐惧。这种少有人乘的电梯，那些机器性能显得可疑，我还想到了霍金关于"黑洞"的描写。那封闭的空间里暗藏了什么让我恐惧的东西？那是一种被截断了后路又看不到前路的仓皇？这一小块封闭的空间竟能滋生出浩大无边的恐惧来，这一小块空间充满太多不确定的因素，那把我们举起、放下的力量是强大的，也能把我们拽到另一个陌生的世界。

其实这个老旧的电梯只是比别处的电梯慢了几拍，像个落寞的老贵族，牙都脱落了，张开漏风的嘴讲述他昔日的风光。这慢了几拍其实也只是短短的几秒钟，却让我经历了漫长的恐惧。同一时间，不同的地方长度却不同，因为恐惧。

我在女主人家吃饭，还喝了酒。她已经没了往日的优越感，这套20多年前的豪宅已经破旧。她说有时她一个人住得很害怕。那个时候在她骄傲的神情里，你找不到一丝的害怕。哦，有所恐惧的人谦卑多了。她的孩子在外地打工，老公离婚后便躲债在外，多年无音讯。她说她有时好几天不下楼，买一次东西放冰箱里够吃好几天。我忽然觉得她的家就是一个大冰箱，让人感觉冷。也是一个大电梯，一个停滞不动的电梯，把她关闭抛置在一个空间里，一个装着她和恐惧的空间。而她的老公，当年那模样可用今天的"高富帅"来形容，那个时候他春风得意，经常和市领导一

起吃饭。那时他怕过谁了？躲避过谁了？我在一次饭局上见到他，他身边坐着一个美得令人眩目的女孩，这女孩曾拍过电视广告。我不由得当面赞美她的容貌之美，我本来不想这样做，可是那赞叹像是自己从我的嘴里冒出来的。她面对我的赞美，只把眼睛朝天上翻了翻，没理我。而那个高富帅因为有这个女人坐在身边，也没理我。他曾经的谦逊和蔼不见了，正好有人来跟他握手，来人赞美他是本市最具前途的民营企业家。他更是摆出一副不可一世的表情与那人握手，没有一句谦让。让我感觉，一个人骄傲到了一个地步就变得天不怕地不怕了。

3

从中年到老年，这个年龄段是女人的危险期。这个年龄段的一个熟悉的女人做胸部彩超发现肿块，做了切除术。我于是也感觉胸部不适，也去医院做彩超。

一大早空腹到医院，导诊台不见人影，只好逮个白大褂的问。告知我挂普外科，普外科倒是有导诊的，让我到1号诊室。里面只有一个病人，我坐在边上等。那医生是个半拉熟人。我向来不知道怎样与半拉子熟人打交道，是打招呼还是不打招呼？打招呼，该说些什么？

一个女孩进来坐在我的边上。女孩忽然低声对我说："我要做妇检，你能等等我吗？"我愣了一下，这很出乎意料。但我很快答应了她。女孩很高兴。一个陌生人提出这样的要求，不是骗子就是和我一样脆弱的人，所以我答应了，我愿意冒这个险，因为我深知这脆弱。我告诉医生我要做体检和彩超，因为是半拉熟人，互相认识对方家人，我就问他儿子在哪里工作，他也问了我儿子和我两个弟弟。我拿着一大堆的检查单离开，因为要先去抽血，就把我的电话号码给了那女孩，我真是冒险的，我本来不轻易给人电话的。

出来时我开始谴责自己，我为什么要搬出我的家人？我讨厌我自己，但我也知道我其实是害怕，害怕医生态度不好，害怕呵斥，害怕伤尊严，害怕被宰开一大堆又贵又没用的检查。

那医生态度是软了，但出手却不软，还是开了一大堆的检查，除了彩超还另加了好几个项目，我说有的年初检查过了，就免了吧。在我的要求下他同意砍去一些项目，交钱时还要600多元。完了，一定是以为我的家庭背景不会在乎钱吧，事与愿违。600多元，这意味着我要连续10个月没病没灾，连续10个月不吃一粒药，医保卡上才能有600多元。倘若不是我要求减掉那些项目，岂不是要上千元？我这"贵体"真是贵呀。

排队交钱、抽血，去医技楼拍片、做彩超。拍片在2楼、彩超在3楼，每个地方都要排队。一个农村模样的老头到处问，像个无头苍蝇，我都要在这迷宫里转向，何况他。我追了上去想帮助他，我对一个白大褂说："帮帮这个老人吧，我也不认识他……"白大褂用笑脸待我，吩咐一个人给老人带路。这份怜悯心是因为

我同样无助同样脆弱，同病相怜罢了。

2楼拍片处，长长的走廊挤满佝偻着的人、咳嗽的人，空气极污浊。我立刻后悔做这个项目，我退了出来，先去3楼做彩超。在候诊室发现了那女孩，她和我做同样的检查，她的报告已经出来了，我看了，是小叶增生，我说问题不大，没有肿瘤肿块，让她把报告拿给医生看。她道谢走了。轮到我了，必须裸露上半身躺在检查床上，那床躺过很多人了吧，收费这般高，不该有一次性床单吗？拍肺片时，屏风后一张椅子上有件蓝条纹的病号服，像是刚被人脱下来的样子。问了，果真也不是一次性的。我被要求脱光上衣换上它，就是必须裸着身子穿上这件已被多人穿过的衣服，那些肺炎、肺结核病人穿过的衣服。交叉感染的可能在威胁我。我反穿上，就像我有时会在小饭馆用筷子的另一头。彩超出来了，还好也只是小叶增生。回到家里赶紧洗头洗澡。

儿子电话要求我每年都做体检，还说明年检查费他出。我还没听完就要崩溃了，我说你饶了我吧，我明年不去了！这不单单是钱的问题。儿子说那至少两年检查一次吧。我说不不，绝不绝不！这样的劳命伤财真是令我恐惧。我对这样的医院有恐惧症，没病也会被折腾出病来。我歇斯底里地喊着。可是，我见过哪家医院让我不恐惧呢？

我忽然想起，没给我量血压。都600多元了还不给量血压？血压多重要呀？我那朋友脑血栓都残废了，这样我心里更不安了。

更多时候我的恐惧泛滥成灾，我害怕上台说话、害怕孤独、害怕未知的明天、害怕死亡……我后来知道很多人都患有恐惧症。有社交恐惧症、孤独恐惧症、密集恐惧症、结婚恐惧症、幽闭恐惧症、周末恐惧症、性交恐惧症、开学恐惧症、蔬菜恐惧症、飞行恐惧症、面试恐惧症、脱发恐惧症、陌生环境恐惧症、恐高症等五花八门。我的一个朋友患有"密集恐惧症",只要电梯里人多,她就不敢进去,那次去医院看望病人,她硬是爬了17层楼梯。还有一个熟人患有飞行恐惧症,这些年他硬是不敢坐飞机。恐惧让我们苦不堪言,让我们认识到自身的软弱和有限。有人说,这个世界没了恐惧才恐惧。也许是吧,假如人都不怕死了,那将是多么可怕的情景。正因为我们有所恐惧我们才能看清自己的本质,我们才需要爱,需要相互慰藉。

第四辑
纯棉时光

称谓是一部时间简史

屋内弥漫着阴霾午后特有的静,致密的倦慵的静。电控门铃忽然响起,一身绿色的配送员闯了进来,客厅像一碗被搅动起来的水,那棵巴西铁树阔长的叶与那盆凤尾松颤动了一下,我忽然明白了这些植物蓬勃绿色的另一种涵义。巴西铁树刚刚开出三两簇白色的小花,让人联想到一些阴柔的词,凤尾松好久没有修剪,乱发一般地匝挲着。配送员他那一身草绿色迷彩服,似乎与那些盆栽植物密谋好了:蓬勃的绿色只为揭示出我的衰微与不鲜活,揭示出一个行将退休老女人活着的不鲜活。

便捷的网上购书给我这个腿脚不便的人带来了福音,送到家门口,且比书店更便宜的。"于女士!你的包裹到了……"配送员在按响电门的那一刻大声喊叫着,那样地理直气壮,好像这个称呼是他安在我身上的。其实是我自己安在我身上的,但我还是愣怔了一下才答应,我的思维像被囚禁在那三个字里了。从网上购书,下拉菜单上的地址、电话号码等等都是需要填写的,我轻车熟路地填上了。在收货人一栏,我犹豫了一下,生涩地打上"于女士"3个字。我不知道我是怎么想起这3个干巴巴的字来,这灵

感绝非来自庄严大堂上那祝辞中"女士们、先生们……"的开场白。"女士们"与"女士"是不同的,在它以复数的方式呈现时,是尊贵与端庄的;而此时落单于我的头上,它是那么的模糊与空洞,像从蛛网和尘埃覆盖中露出来的东西。写下这个词,我是绝望的,一种对于光阴的不可逆的绝望。除此之外,我还能写出什么呢?我忽然想起牙买加·琴凯德说过的:"她是一位女士,我是一个女人,这种不同对于她是很重要的。"我沉浸在这段话里,是的,这太重要了,太不一样了,让我感觉"女士"不包括在"女人"之内,"女人"是有血有肉,活色生香的,更不似"女子"这形而上的美词。我明白了,"女士"只是"女人"的遗迹,中性的,残山剩水的意味。

我在签收单据上签下我的名字,配送员茫然地看了看我。是的,那一刻他的眼神茫然,因为我在他这个陌生人面前是一条被截断的,没有源头的河流;一条逐渐枯干了的,只留下河床的淤泥与垃圾的河流。

可我的同事还在一如既往地称呼我为"小于",在他们的眼里,我和我的20岁、30岁永远连在一起,他们是我一大段生命河流的见证人,那些过往的影像依然留在他们的记忆里,如一条可见源头的水流依然充足清澈的河。尽管我一天天地变老,已经从蝴蝶变回毛毛虫,可他们总是固执地记住蝴蝶的样子。我对他们说出我现在的年龄,他们反倒要惊诧,好像真相反倒是一件荒唐的事。当然,我到饭店酒家,服务员依然会甜甜地称我为"小姐",那是人家礼貌到夸张罢了。

　　似乎什么都老去了，只有声音还年轻着，是的，我的声音还没有老，但这有点麻烦。几天前我给另一家快递公司打电话，收货员在电话里称呼我"于小姐"。这称呼让我很不自在。我知道一定是我电话里的声音误导了他，我担心见了面会吓他一跳。不过他要是叫我一声"于大妈"什么的，我恐怕更不高兴的。"大姐"是最合适的称呼，这是一个尊称，不完全关乎年龄，可是南方人不太理解这个称呼，我就亲眼见过被一男孩称呼"大姐"的女孩，怒睁杏眼："你以为你多年轻？！"我想，再老老就好了，人家就可以稳妥地称呼你大娘呀、奶奶呀什么的，你也就死心塌地认了。而在中年向晚年过渡的这个时期，合适的称呼实在太少了。

　　网上认识的一个小编也是称呼我"于小姐"的。他给我打来电话，说甚是挂念我的腿病，说要来看我，还给了我几个私密的编辑邮箱，让我非常感动。后来得知我既不是80后，也不是70后，遂绝尘而去不见踪影。我倒过意不去，好在那些个邮箱像一个个黑洞，任什么稿子投进去也是不见踪影的，让我有没占人家便宜的心安。

　　16岁是女人一生中的准花季，连梦里都应该是暗香浮动的。可我的花季却是在那个特定的年代、特定的环境中度过的。那天，我们一行被敲锣打鼓地送往几十里开外的一个农场，开始了上山下乡的农村生活。我的母亲担忧我年龄太小，怕我承受不了繁重

的体力劳动，可我一点也不认为我小。《红灯记》里李铁梅的一段唱腔"铁梅我年龄十七不算小……"总在提醒我不就比铁梅小一岁吗？总在提醒我到了可以献身的年龄。只是我从来没有遇见焚烧的大火，也就不能献身成为救火英雄，不能在昏迷的时候发出豪言壮语。也没有遇见阶级敌人搞破坏，农场里的那个地主就一老实巴交的农民，不敢搞破坏。我们那样的一群革命青年硬是没有机会献身。那天我们几个女知青在一个寒冷的晚上，正哆哆嗦嗦地赶往好几里地之外去看一部苏联影片。路遇农场当地的一个中年农民，他是从后面追赶上来的，不知他要跟我们说什么，他来到我们面前，似乎是动了一番脑子，才拘谨称呼我们："喂喂，你们这些青年妇女同志们……"他后面说了些什么我都记不住了，只记得就这个称谓，已让我们晴天霹雳。我们这样的一群花季女孩最多以为自己青年了，还不能接受"妇女"这个称谓，于是一个个花容大怒。因为在我们印象中，只有结了婚生了孩子的女人才被称为妇女。那时，在我们眼里，结婚、生孩子是不光彩的事。那还是初中的时候，一个年龄大我们好几岁的农村女孩被她父母逼着辍学出嫁。那时我们不但没有同情心，还在背后嘲笑她已经成为妇女了，嘲笑她马上就要大肚子了。后来农场里更多当地老农、小农们见了面都直呼我们"青年妇女同志"，我们也就知道这个称谓无可阻挡了，只是恨得牙根儿痒痒。

当时"小姐"这个称谓是与资产阶级有关的，不是古代的就是外国的，有"资产阶级小姐"之说，是最具贬义的，还专指当时那些不爱劳动的、思想落后的年轻女人。后来"小姐"在一些被红卫兵抄出来的禁书里被我们重新认识了，那些书被人偷了来私下里传阅，于是小姐的美让我们心跳不已，她们似乎都是"玉指纤如揉荑，肌肤腻于凝脂……"是那般的美好与高不可攀，古时的小姐还要出身高贵的女孩才能被称呼的。后来我还没来得及被称呼一声小姐，这称呼就变味了，又成了风尘女的代名词。

虽然"小姐"这称谓已被时代蒙上了羞辱的色彩，但它最直接呈现的就是年轻。年轻真好。那天我们楼下新开张了一家发廊，我去那里洗头。一个看上去很像"小姐"的女孩，正在反复地唱着："伤心总是难免的"这句歌词。可我见她一点也不伤心的样子，却有着三千宠爱在一身的炫耀和掩不住的自喜。她细长好看的手指夹着一只咖啡色的香烟，看去那样的轻佻。发廊里那个染着红头发的小伙计，馋涎欲滴地望着她，以至于我千呼万唤要求洗头都没引起他的注意。那小姐确实太漂亮了，白皙、高挑，只是她不该唱歌，她那带点沙哑的男声与她的面容很不吻合。那小姐做好头发跨出门槛好一会儿了，小伙计还发愣地看着她离去的方向，许久才转身来给我洗头，出手很重，表情很硬，好像是我把那小姐打发走的。

想必我在他眼里是贾宝玉看污泥浊水的老妈子，在他眼里，道德的风尘是可以忍受的，只要足够年轻漂亮，而岁月的风尘是无论如何不能令他哪怕发一点慈悲。在他眼里，女人老了才污泥

浊水,而再风尘再肮脏的年轻漂亮女性,也是水做的骨肉。他的这种贾宝玉情结很能代表中国男人的。是的,那么年轻漂亮的一个女人,男人们是允许她学坏的,允许她酗酒,唱歌,叼着烟卷……

记得我33岁那年,还自以为年轻。一天在街上遇见大型商场开业,服务员殷勤地向我推荐一些款式的衣服,嘴里说着:"像你这样中年的应该穿……"我惊骇,我想既然被人轻易断定中年,那就是中年了吧。那时我开始给报刊写东西,全都是中年的味道。一位诗人吃惊地问:"你是提早做好进入中年的心理准备吗?"我同样吃惊,吃惊于他的眼神咋没看出我积攒了30多年的沧桑?奔45岁时,我们的中年概念忽然和国际接了轨,45岁才开始算中年,我的中年又得从头来过,路漫漫其修远呀。我看见落花流水阴魂不散,上聊天网站,喜欢"中年难过美人关"这个房间名。中年也能算美人?算是对我们这拨中年人的一点补偿吧,以此心祭。对于衰老我是恐惧的,我没有年轻的男子来对我说更爱你现在备受摧残的容颜。

其实我一出生就老了,这就是称谓给我的暗示。我12岁那年回老家探亲,被一个满脸秋风吹渭水的老汉称"大妹子",一个看去60多岁的大妈,张开缺了牙的嘴叫了我一声:"大姑奶!"还有几个和我年龄相仿的孩子,硬是做了我的孙子。尽管此前父亲提醒过我"咱家辈分高"这件事,可我还是没有意识到这样严重的情形,我不知所措,我不愿做他们的奶奶,于是不管不顾地在我的"孙子"们面前大哭起来。

更要命的是我的乳名"大青",这很让我自卑。那是个小家碧玉的年代,女孩子一律都叫小红、小玉、小丽什么的,我只感觉我老了,大青我就是一傻大黑粗的糟糠土妞。那时我最喜欢"小红"这个名字。"红"听上去响亮,似娇花带露,即使深冬的胡同,唤一声"小红"也能飘起5月的花香。我们那群孩子里就有三个叫小红的,我羡慕她们的父母为她们起了这么好听的名字,这也是受了那个年代政治的影响。我是个极易受暗示的人,叫这样的名字我又怎能长成一朵花?在小红、小玉、小丽这样姹紫嫣红的大花园里,我只能长成一棵草,一棵稗草。一部外国童话影片,说的是一个男孩受神灵启示,挽救垂死的女王,办法是为女王起一个新名字,并大声呼唤。后来我随父亲工作调动转了一次学。到新学校上课的第一天,我立即启用被忽略了的正名——燕青。我也渴望一个新生。

我的同学亚玲,一个农村姑娘叫着这样一个名字,我们已经习惯了。像野地里那些司空见惯了的野菜花。后来亚玲到城里开茶叶店,就成了雅琳,亚玲知道如今改名字是一件难事,公安局难过关。于是就巧妙地利用了谐音,让"亚玲"待在身份证上,名片上印着大红的"雅琳"二字。人也烫了大波浪,穿上高跟鞋,她是想借助所有的包装,包括称谓的包装来掩饰她的乡土本味。可我依然嗅到了野菜花香,而不是玫瑰、郁金香、康乃馨的香。

　　小银在放射科,她在显像灯光前看到那张X光片子,看到她肺部那片生长着的阴影。她的病本来也是寻常事,生老病死总要落在人的身上。那天轮到我值夜班,在食堂吃夜餐时,通点玄学的张医生神秘地对我们说,小银的病肺结核与她的名字有关,张医生是以姓名命理学,以阴阳五行相生相克做依据的,张医生说五行即木火土金水,其中的"金"按属性属秋季,和肺与大肠有关。秋天是肃杀与凛冽的,小银的"银"字正好是金字偏旁,可又是银,自然没有力量抵御霸气的金,自然是肺与大肠要受其戕害。按这说法她得肺病也是命里注定的了,听得我们出了一身冷汗,不知道自己的名字里是否也藏匿着什么可怕的东西。过去的农村人喜欢叫个阿狗、阿猫、阿鼠,甚至牛屎这样的名字。农村人把名字起得这般草贱与敷衍,农村人有农村人自己的生命观,说是为了好养活。这些看起来轻贱如草芥的名字最显老庄哲学,那是避世的哲学,带着些自谦自嘲。在这方面,城里人没有乡下人那般韬光养晦,城里人的名字都起得那般张扬,不是气吞山河的王者就是金凤凰再世,像抢在命运答案前暴露伤口一样。美,有时也是软肋,是伤口。

　　我确实看到过一种悖论,当年医院里那个叫"高美丽"的老护士,高美丽没有长成高美丽,我想起她的时候,印象中就是那个又矮又丑的老女人,如她自己所说:"我姓高却不高,我叫美丽却不美丽。"她说她的名字就是活生生的讽刺剧。因为她的这份自嘲倒也见出她的睿智与别样的魅力。

当代作家的名字最魔幻、最具美学观，离这个世界最远，应该说是笔名。古代文人大都规规矩矩地用着真名。再有就是那些网名了，早年的网聊还有些文化水，网聊文化也呈衰势，那天我忽然想上聊网去看看，一看吓一跳，一个50岁的竟起了个"为你变乖"的名字，让人起鸡皮疙瘩，一个40多岁的女人叫"小甜甜"装嫩到无知，还有个60多岁的叫"老革命"无趣得让人背气，当然，这也不一定是他们的真实年龄，也许是欲擒故纵的把戏，网络本来就是个虚拟的地方。一个叫"明天回更好"的，我看不出"回"这个错别字有什么特别的蕴意，不同于那些刻意写错字的广告词，所以只能把他当文盲。于是想，才智平庸之辈就不要耍什么花拳绣腿了，就老老实实叫个张三、李四还更好。

一些作家常为起个什么笔名烦恼着，其实一旦写出了好作品，那名字也无所谓好听不好听，一个作家的名字只让人想到他的作品，一个好笔名只在刚出道的时候发挥作用，但也不一定吧。

一些女人，从她们对自己丈夫的称呼上，亦能看出世事人情。把丈夫称为"老头"的多半是年龄大的、传统的、不懂风情的女人。把丈夫称为"老公"的多半是年轻的、时尚的、懂风情的。据说"老公"一词来自古时妓女对太监的称呼，是私下里带有蔑视的称谓。可就这样一个声名狼藉的称呼，硬是被现代女性叫得风生水起，溢着幸福与甜蜜。看来女人们的娇娆很强势，不被那两个字的原生态所辖制，她们柔和的舌头能折断骨头。而早先唤作小红的人，有两个已改了名字，"文革"早已过去了，"小红"这名字也

时过境迁了。但我们还是称呼她们"小红",我们已经叫了那么多年了,无法改口。看来,一个人的一生总要和一些东西捆绑在一起,无法脱身,比如称谓。称谓毕竟不能像一件衣服那样,想换就换。

一个人无论叫什么名字都只是一个符号。一个符号被用上几十年后,早已经褪去了字面上的原义,一笔一划也早注满了主人的气息,改不改都一个样了,叫玫瑰还是叫狗尾巴草都一个样了。

内心的前方

1

汽车往山路上驶去,车速越来越缓慢,仿佛要与那些山那些植物的寂静合拍,那些山连着苍穹显出寂静里的肃穆,植物像是在夹道欢迎,都是闽西南极普通的植物,山竹、芭蕉、马尾松、小叶桉,还有微风中摇曳的芦苇与凤尾草,我已无数次地看见过它们,内心深处涌起的兴奋想必与它们不全有关,我果真很快意识到,我的兴奋来自前方到达处——漳平煤业吾祠煤矿主平峒。那是个陌生地域。我自小就知道煤、煤矿、矿工的信息,这在我的印象中更多的是和艰苦、瓦斯、坍塌、漏水这些黑洞一般的词联在一起。我还知道在解放以前矿工们被称为煤黑子,也有来自矿工诗人自嘲称自己煤黑子的,这都让我心痛。煤矿、矿井、矿工这些词已经存在过很多世纪,可是要深入这些词的内部并非容易,此刻它们一下子抽象起来了。我无法想象我们将会怎样进入矿井以及在矿井里的感受,每一个我所要去的陌生地,现实总是彻底摧毁我对它事先的想象。何况它们完全与我这几十年的生活经验

不沾边，我生活里亦没有下过矿井的朋友，因为没有切身经历与近距离的经验，这一切便是陌生的了，它们永远只是一些词和平面图。

　　前方的煤矿为什么会让我有兴奋感呢？也许是去体验别人的生活，去冷眼热眼地旁观，去看别人的生活总是轻松的，可这要是自己的生活呢？记得我看过的一则消息，说的是一个年轻诗人找不到工作，万般无奈就去当了矿工，可他依然写诗。短短的几个字，把一个矿工的辛苦跃然纸上。至少我敢断定假如这是自己前去讨生活，那一定不会是轻松的，更不会是兴奋的吧。

2

　　进入吾祠煤矿主平峒完全不是我意识里的向下 800 米深，它的入口处，石头砌的门面上黑底烫金字"吾祠煤矿主平峒"就像平常所见的隧道。没听过有人害怕过隧道，但害怕进矿井的大有人在。我忽然对于我的兴奋更明了一点，那就是机会不易，我可以随时随意地去商场、去公园、去医院等很多地方，可我却不能想下矿井看看就下矿井看看。看来要弄明白自己也并非容易的。

　　这里也有绿地，有专门种植的亚热带树，超乎我的想象，但这里毕竟是作业区，与昨天下榻的矿工生活区有着区别，生活区的绿地很宽广，广场上还有雕塑，多了艺术的成分。这里的一切都给我一种庄严感，这里的房屋显得很结实，还有那些高大密集的电杆、密匝的电线、漆黑的小火车,铁轨一直延伸出去。它们被收进我的相机里,有一种北方重工业区的厚重与粗粝,安全实用超过审美。这里的标语很醒目,都与生命有关,比如:"架线有电、严禁碰触,关爱生命、关注安全",等等。它们的肃然醒目,让欢迎我们来采风的大红色标语也有些失色,像一只手在你的脑门上拍了一下:注意安全呀!这里有铁的纪律。

3

进入巷道的过程是严格的,必须换工作服,工作服看去深蓝粗厚,穿上身却有笃实的温暖,纯棉的就是舒服。如今的服装化纤的太多,人造的太多。我们被告知化纤的很危险,必须换掉一切人造的化纤衣物,连一双丝袜也不放过,生命来不得半点含糊。说是化纤织物的静电摩擦有引燃引爆的危险,这可不是闹着玩的。我们的手机、照相机也不被允许带下矿,那就把这些在地球表面不可缺少的东西留在地球表面吧。

穿上棉质的矿工服,我想象一棵棉花在大地上生根发芽开花,这是一种生命,植物的生命。而化纤是没有生命的物质。就如同我们一日三餐所吃下的,从最普通的麦子稻子谷子豆子,蔬菜瓜果,到飞禽走兽山珍海味,哪一样不是有生命的?我们的生命是靠别的生命喂养的。此刻在这特殊的环境里,也只有生命才能护卫生命,此刻一种叫作棉花的植物在护卫着我们生命的躯体,此

刻我的思维也纯棉一般柔软。

从换衣间出来,我发现一个一身矿工打扮的矮个儿男作家正抓紧时间在那里照相,说是矿工帽增加了他的高度。是的,戴上这矿工帽我们都增高了,我们需要这矿工帽来增加我们的高度,那是别处不能给出的高度。

我们全副武装地坐着小火车进入巷道,进入巷道后,安全警示语、提示牌更让你每根头发都警醒着。进入了巷道就进入了黑暗。这和乘地铁一样,是一件近乎荒唐的事,一个人忽然就从地球表面消逝了,进入它的里面,怀抱。这可并不像婴孩躲进妈妈的怀抱,这个怀抱有点危险,生命被窒息被覆盖的危险。这个怀抱很黑暗,我怕黑,说起来有些丢脸,我总是害怕一个人乘电梯。一个人被一块冰冷的钢铁关在里面,总有一种恐慌感,那是一个被虚空囚禁了的我,那些机器也显得可疑,是否年久失修?我总想,假如电梯坏了,我一个人被关在了里面,电源断了,漆黑一片密不透风,我该怎样自救与求救?我能保持镇静吗?这样的恐惧不是我一个人能独自承受的。这其实只是一小块被钢铁禁锢了的垂直空间,当钢铁戳进虚空,劫持了它的一小块,这一小块的空间便在人内心的前方露出它的黑。

此刻这巷道里浓稠的黑,仿佛是上面那个世界无法消化的,它们被囤积在大地深处。但有一束光从我们的安全帽上射出来,这一束光与别处的光不同,这一束光为着我们的生命、灵魂抵挡着黑暗。有一个人提议关掉矿灯感受一下,霎时黑暗无边,我们像跌入黑夜的仓库,一下子想起萧红在她乘船去日本的途中,写给萧军的信:"海上的颜色已经变成黑蓝了,我站在船尾,我望着海,我想,这若是我一个人怎敢渡过这样的大海!"我想说:"这若是我一个人怎敢过这样黑暗的巷道!"

　　黑暗中感觉我们乘坐的小火车很舒服,它那金属的撞击声显得更响了,哐当哐当砸在灰色水泥浆的巷道壁上,哐当哐当又像是从头顶上传来的,在这漆黑的洞里,听起来有如太古之音。巷道里有些管道,有的通水有的通风,就想,如果阳光也可以用管道输送进来该多好。在巷道与巷道之间隔着一段光明地段,小火车来到光明地段像是有谁来捂住你的眼睛再放开,又像是被什么按钮一下子切换出了光,路两旁依然是闽西南的植物,多是轻盈的草本植物,那些芦苇膨大的草穗子吸足了阳光,在草尖上跳跃着的光是多么美好,这美好反衬出"安全"在人心里的分量。这些光像是从刚才的黑暗里长出来的,像煤给出的光和热。我终于知道了与煤炭有关的许多企业,都喜欢用"阳光"来命名,在大地深处劳作的人,他们比我们更懂得珍惜阳光。

4

　　大约过了二十来分钟我们就下了车,前面的巷道必须步行,步行中我看到有个地方挂了"候车室"的牌子,想必是这世上最简陋的候车室,世界越来越繁华,人却丢掉了简陋时才容易守住

的美德，我特意在那里留了一张影，是那种可以在矿井里照相的机子照的。经过了一个水池叫"洗靴池"，是供人在里面洗靴子的。有个调度室，那里有人在操作，我一再地听到了"片盘"这个词，很新鲜的词。我在从抽象向具象转化的过程中，首先遭遇的是新名词，比如片盘、巷道、烟煤、洗靴池、猴车、人车，等等。一个诗人曾写过"明天将出现怎样的词"，此刻这些忽然出现的新词迅速占领了我的内心。像巷道的"巷"这样的词，如我这般读书时逢"文革"的作家，汉语知识的贫乏立见，若不被提示读"hang"，我必读"xiang"音，惭愧。虽是新名词却有着古旧的厚重，不像网络流行语那般虚无缥缈。况且这新只是对我而言，对于矿工必是熟悉如家常便饭的。

在巷道里我边走边想，当初人们打洞筑墙，架设这些管道、车轨等等一定很不容易，一定比地面上难得多了。我听说原来没有车轨，矿工们进入作业区要走长长的巷道，来回一趟便精疲力竭了。尽管条件改善多了，我们也亲眼看到矿工们住的宿舍楼很新很漂亮，但矿上来接待我们的干部依然说矿工太苦了！他不止一次这样突然感慨地说，他指的是这种地下作业，让我感觉到他心的柔软。他的话让我心痛，诗人彭俐辉的一段诗同样让我心痛："尽管你那么年轻 / 有着那么多的梦想 / 但你就是要在漆黑的底层 / 挖掘出制造火花的能源 / 瓦斯积水地压坍塌 / 天天像一种威胁 / 发出咆哮肆虐的声音……都不挖煤 / 怎么改善我们的大家和小家？你从没有得到过鲜花和掌声……"也许这年轻的矿工并不像诗里说的那样高尚，想到大家与小家的需要，也许他去挖煤只是一个很简单很卑微的理由，一个仅仅为了自己和家人生存下去的理由，这就更让我心疼了。在我们享受煤带给我们的好处时，请至少想一想这个年轻的矿工，或许他就像你的儿子、你的兄弟，想想他在黑暗潮湿的地下，正躬身曲背地工作着，尖锐的电镐声，飞扬的煤屑也许正在侵袭他的肺……请你在心里爱他一下，要是哪一天你与一个挖煤人擦身而过，请你心存感激与敬意。他们在最底层——地球深处，是他们托举起了我们的生活，给了我们光和热，给了这个世界光和热。光和热，这是一个被我们用旧了的词，带点政治意味的词，被先锋人类唾弃的词。可是除了这个词，我们还能用什么词来代替呢？

　　我听说这里的矿工兄弟里没有80后，我竟担忧起来，那些50后60后70后老了怎么办？谁来接续他们挖煤？也许我又在杞人忧天了。我但愿这世上不再有矿工，但愿科学发达到有机器人可以替代他们，但愿地面上有新的能源替代煤，但愿他们都在太阳底下做着别样的工作。有位科学家就说过："……新能源的探索工作并不是那样的简单。现在中国大量地使用煤，其实煤是一种无奈的选择。"

　　一列煤车从我们身边驶过，我看见了煤，看见了煤上面的光泽，乌亮乌亮地从眼前庄严闪过，亿万年前它们原本可能是红色的花绿色的叶，现在它们都是黑色的了，这是最有分量的颜色，所有的颜色都在这煤黑之下黯然失色。就目前来说，煤在我们的生活中太重要了，生活用煤就我知道的有燃料与取暖。还有，发电需要用煤，哦，电，单单这一条就够了，如今有几人能忍受没有电的日子？更别说还有蒸汽机需要用煤，工业锅炉需要用煤，建材需要用煤，以水泥用煤量最大，其次为玻璃、砖、瓦，煤干馏过程中所得到的化合物是染料、医药、香料、农药的重要原料。煤与我们每个人息息相关。哦，亲爱的煤，亲爱的矿工兄弟。谁敢鄙视一块煤，鄙视一个矿工兄弟，上帝必鄙视他。

5

　　往前走，巷道变得狭窄了，且往上延伸，有了一些险峻的意味，非我这等弱人可企及。要上去必须坐猴车，这猴车看起来也有点悬，我腿脚不便利更是不敢坐的，我们没再往前走了，也因此没能与那些挥舞风镐的挖煤人相遇。挖煤人永远留在我们的前方。

　　这巷道的往上延伸是与我对矿井的想象不符的，但后面我们去的另一个矿道就是向下的。无论向上还是向下，垂直的距离是人性最近的距离。左拉在《小酒店》里写了一个建筑工人古波，不慎从施工的房顶上坠落，他用最快的加速度走完这段路后，便得到妻子无微不至的照顾，伤好后的古波依恋这种被关照的生活，不能自拔。当他的双脚从屋顶跌到地面，就不再是原来的他了，他完成了从一个勤劳本分的人，到一个游手好闲的醉汉的蜕变。

他从房顶开始的坠落没有停止，他整日出入小酒馆，最后，酒精中毒死在疯人院。我听说过一处缆车出意外，一对即将离婚的人，在那危险的一刻他们一下子明白生命的可贵，宽容也随之而来，得救后他们化解前怨和好了。此刻我在这大地的深处，渴望能沾点煤气能净化灵魂。

在我们刚出洞口时，就有人问我"好玩吗？"这话一下子让我有些尴尬，不知该怎么回答。想必这也是一个压根儿不能走进别人生活的人，可是谁又能走进别人的生活呢？也许她压根儿就没想走进，就是好奇来玩玩的，她失望了吧？因为这里没有什么好玩的。

而我是想走进去的，可我同样没有走进，我即使穿戴着矿工的衣帽也只是别人的衣帽，我发现我穿上矿工服好看了，于是在出了矿道后，拍下很多照片作为纪念，矿工服成了我扮靓的道具，这多少让我的心带点愧疚。没有遇见在工作面掘煤的矿工兄弟，没有听见风镐尖锐的叫声、没有看见煤屑的肆虐飞扬，不知道我与这些隔着怎样的距离，这是一个茫然的问题，但我遇见了煤。也许，从此后我的前方就一直有着一个我不能抵达的煤矿，此后，走近煤矿成了我一生的功课。我需要那些煤的黑洗去灵魂里看似鲜亮的污垢，煤，煤矿，矿工在内心的前方。让我谦卑与感恩。

漳州港的几个关键词

1 月亮一般

空气的澄明清冽，风的时速，还有，比别处更高更蓝的天。这一切，都在向我暗示：海近了！

这是我登上漳州港时感受到的，虽然我还没有看到海，但我知道它就在我身边。果然，在这开发区的一幢幢建筑物之间，海的身影一闪一闪，让我想起白驹过隙，而这里的间隙全被海填满了，这是怎样的奢侈、怎样浩瀚的间隙呀。

这里的海很友善，它没有腥咸味，不会黏滞在你的皮肤上，它给你的是月亮的遐思，这里还有一个名字叫"厦门湾南岸"，湾，我被这个词所击中，受了它的蛊。这个一听就想去做梦的词，与它暗示我的形状有关，湾，半个月亮的弧度。那是海水与崖岸衬托出的弯弯的月亮。月亮总是与海有关，李白有"明月出天山，苍茫云海间"，张若虚有"春江潮水连海平，海上明月共潮生"。时间在这里似乎也月亮一般深邃、永恒了。

2 好地方

用"好地方"做标题，好像很不讨巧，落俗套之嫌。文学应是创新的，灵动的。可是，除了"好地方"这样的词，我还能用什么词来匹配这个地方？也许是它的美让我穷于言辞。我说的漳州港，其实是招商局漳州开发区，因为"漳州港"更好听一些，我是唯美的。

很早的时候我只知道这里叫港尾，据说多荒滩野岭，是一个零落僻远的小渔村。先是听说被开发，还听说要办学区。也没怎么在意，在改革开放的大潮里，被开发的地方何止千万。再后来，几个朋友相邀来玩，那海一下子就吸引了我，我喜欢海，我更喜欢这里的海，站在海边，海水的清澈让我的脑子里蹦出"处女海"三个字。海的对面是厦门，那些高楼大厦，看不尽的繁华富丽，在海这一面的衬托下，如同一颗雕琢精美的宝石，透着霸气的光环。而这一面，似乎是被破坏了的荒蛮野趣，稀疏的草木与顽石点缀在被开垦了一半，和尚未开垦的黄土山坡上，正午时分，那些推土机和汽车正处于休眠状态，像一只只巨型的甲壳虫卧在山脚下。让我有淡淡的伤感。

我后来因故错过了几次再来的机会，但它一直在我的心里。现在它让我有了错觉，像是直接把房子建在了海面上，现在它是真正的临港城市，要跟海对面的厦门媲美了。

据说当初的决策者们来，见了这养在"深闺的杨家女"，被这

天生丽质所震撼,往岛的深处走,又见房舍田亩少,荒山滩涂多,开发起来无论是搬迁还是占用耕地,都是最经济的,他们已经看到了第二个蛇口。这里水域宽阔,自然岸线长28公里,最深29米,是天然深水良港基地,也是宜居住的。于是开拓者们从蛇口来,从四面八方来,于是这里开山造地、建港修路,成就了今日的奇迹。

我们乘坐的汽车驶入一条寂静的路,我没有见着路人,路两边的小黄花开得正艳,有人说是疏港路,意思是说疏港路不是生活区路段,自然没有人。可是车子又拐进两条路,也只见稀稀拉拉的几个行人和骑电动车的人,这要在别处,这样的好地方早已人满为患了。似乎好地方都是人满为患的,这里是悖反的。且是这般优越的地理位置,与厦门隔海相望、处香港、台湾、上海金三角之一隅,气候宜人。

我以为,一个人不多的好地方,就真是好地方了。

3 新与旧

开发区,在中国历史上是一个新名词,在我的头脑里,开发区的一切都应该是新的,也果然这样,无论你是走进港口、山地生态园、南太武高尔夫球场、厦大漳州校区、厦大附中,还是正在建筑的厦大附小,你仿佛进入一个新启用的世界,那红墙、那绿树、那天、那海,一切都是崭新的。

可是，这群拓荒者他们所属的"招商局中银开发区"，却是一个古老的话题。听了介绍才知道，招商局的前身竟然是李鸿章洋务运动的产物，是企业轮船招商局、马尾船政局等洋务运动仅存的硕果。在中国近代史上，招商局是不能不说的话题，可人们大都只知道招商银行这类企业，不知道招商局，其实那只是招商局这棵大树树干上的一支分权，也可以说是儿孙名气大，老祖宗却无人识。即使我这样寥寥几笔，读者也该知道了，这个老祖宗不得了，老祖宗膀大腰粗，他的出身且是那么高贵、传奇。

4 数字

拓荒者们用汗水托起一座现代滨海城市，这期间他们经历了多少艰辛，无论是台海紧张，还是亚洲金融风暴，都在考验着他们。我们只是在报告中听到一些，在开发区史料陈列馆看到一些图片，我们所知道的是多么有限多么片面呀。那一连串的数字就是见证，就是他们光荣而艰辛的步履。

可是那些数字，什么财政收入呀、总产值呀等等，把我的脑子搅乱了，我是感性的人，对数字没有概念，听了就想打瞌睡，不知道500多万与8个亿，对于一个这样级别的开发区是怎样的状况。

好吧，还是记住这几个数字吧：后8年快速发展，是前10年的19倍；在这56.17平方公里的土地上，人口5万。工业总产值139亿元，港口年吞吐量近2000万吨。当然，这些数字，很快就

会被新的数字刷新，覆盖。

但有一些数字，是永远不会被覆盖的。我翻开《见证当年》一书，我看到那么多的数字成了历史的见证。我忍不住要摘录一段原始记录——陶欣的日记，这样原汁原味，野生的文字与数字，能告诉我们很多东西：

1992.9.12 晴　漳州

……（2）给各股东单位发通知，准备按出资比例汇款，首期是1000万元……

1992.9.14 晴　漳州

……在屿仔尾客渡码头不远处的石坑小学，我们找到一处可用来做现场指挥部的地方，有一所空置的石头房，房前有一平整的场地，紧挨着石坑边防派出所，位置较理想，水电条件都具备，只是房子小了点。通讯问题较麻烦，这里没有通讯线路，如果从港尾镇引一条专线过来，距离较远，有15公里以上，成本太大……

5 方位

漳州开发区与几个方位词有关，它占尽了"东、西、南、北"4个方位大词，你看，此地北依九龙江，东傍台湾海峡，在厦门的南边，谓之"厦门湾南岸"，又是海峡西岸经济建设的重头戏。是的，它们是方位大词，它们涵盖了无限。

从一张空中拍摄的地图看到,漳州开发区的地形像一只展翅的鹰,抑或是蝙蝠,这让我想到开发区的快速发展,强劲之势犹如鹰击长空,想到了中国民间用蝙蝠喻"福气",这不也是一块福地吗?这是一块飞起来的福地,它是动态的,它的翅,高过所有的飞翔。

位于镜台山的南炮台公园,那座石砌的炮台很巍峨,高高地指向云天,攀爬到一定高度便有电梯可乘,据说站在上面可以望见大担、二担、小金门。它之所以被叫作南炮台是取决于方位的,因为它与厦门胡里山炮台南北对峙,有"天南锁匙"之称。厦门的北炮台有炮,却没有对应的炮弹,这里的南炮台虽没有炮,却有珍贵的炮弹。这让早已是旅游胜地的北炮台感到遗憾,珠不联璧不合。他们来要,南炮台不给。怎么办?只好联手搞旅游。

南炮台有了这份殷实的家底,就有了历史的沧桑感,有了根。南炮台还花了58万元造了一门炮。

炮台周围是一片紧挨着海的绿地,崖岸上长着几丛非常硕大的蒿草,烈日与海风使它们的身姿无比张扬,它们有着自然界最顽强的生殖力,它们从远古一岁一枯荣地,与这座炮台一同见证着这里的今古,这个炮台不仅仅是让你登高望远心旷神怡,它是一座清代炮台的遗址,建于清道光二十年。历史记载它有过3次惊天动地的怒吼,第一次是配合林则徐的禁烟行动,它击退过英国舰队,第二次它打响闽南抗日第一炮,击沉过日军战舰,第三次,打响了开山造地,向富强进军的炮声。南炮台还是开发区的

摇篮，开发区的第一间办公室就在这里诞生。解放初期，这里曾驻扎过一个班的女民兵，监视金门方向的敌情，曾立过功，受过军区嘉奖。她们都是来自港尾的女青年。南炮台被保留下来是对的，这里有故事。它提醒你不要忘记过去，它早已成为一座历史的警钟，一个民族苦难的纪念碑，也是辉煌的纪念碑。

正当我沉湎于历史的时刻，一群少年从这里走过，他们带着些青涩与野性，让我想起开发区的初始，那个荒僻的小渔村。这群少年谁知道他们的将来呢，谁知道他们中间日后不会出现优秀卓越的人物呢？我这样想是因为我仰望着炮台，是炮台扩展了我的思绪，古昔的、今日的、将来的。我因为腿受过伤，腿力不能抵达它的高处，所以我只能在地上仰望它，我仰望着我不能抵达的高处。我仰望它的同时也看到了天，天上的云。它的根基在地上，而它的高处与天有关，这样的一座炮台，岂是我的肉身所能抵达的？

6 色彩

漳州开发区是富有色彩的，我们参观厦大附中的时候，是凤凰木花开得正旺的时候，校园门口就有这样的一株，红艳艳的，像着了火。我因此就想，这开发区的红就是凤凰木开花的红。这里有莘莘学子，有全国最优秀的教师，他们的人生不也是红火的和即将红火的吗。

那校园是幽静的，任选一处，只要有浓密的树荫，你就想要坐着，长久地坐着，你的视线无论落在何处，你的心都是喜悦的，这座依山傍海而建的美丽校园，让你的眼睛成了幸福的猎手。

开发区的红也是杨梅的红。我们来的时候，正是杨梅熟了的时候，于是我们沉湎在杨梅的盛宴里，无论是会议桌上、餐桌上、下榻的客房里全都放着一盘盘，一看就要流口水的杨梅。这里的杨梅好吃，这里紧连杨梅第一镇——浮宫，是海峡西岸龙头品牌。我把它称为"道地杨梅"，就像中药有"道地药材"之说，比如山药，产于河南怀庆的山药品质最佳，所以"怀山药"是道地药材。我们来之前，这里刚举办过一个杨梅节。当我们被告知要上山摘杨梅时，那久违了的童趣让我的心欢腾起来。

我是坐着杨梅农场主人的车子上山的，我们几个腿脚不好的坐在了他的工具车上，车子沿一条窄兀的水泥道盘山而上，从车窗望去，山势雄峻，一座连一座的山，山上多灌木，悬石错落。不知那灌木是否都是杨梅，我没有问，我被这山路吓到。场主安慰我，他说这条路他闭着眼睛都能开。这个看去有些拙朴的中年汉子绝不是吹牛，因为这条从山脚蜿蜒至虎头山杨梅园的水泥路，是他几年来靠打工的钱，一点一点铺就的，他熟悉路上的每一个拐弯、路边的每一块石头，像熟悉他的手掌纹一样。他的杨梅园有一个很好听的名称："虎头山绿色生态休闲农场"。

下车后，眼前呈现一片挂着果的杨梅树，红红的杨梅果点缀于绿叶中，煞是好看。杨梅树沿山坡栽植，所有的人都往高处摘

去了。我只在低矮处摘了吃。有人对我说，低处有车过，就有尘土。可这有什么要紧呢？这大山里的尘土又不是瘦肉精、塑化剂。

我无法形容杨梅的好吃，那特有的甜，微微的酸，只有亲自品尝的人才知道。倘若有一个没吃过杨梅的人，让我把杨梅的味道描述给他，我是无论如何不行的。我若说甜，那么甜的水果多了去，比如荔枝、桂圆，岂不比杨梅更甜？我若说酸，橘子、山楂岂能替代了杨梅的味觉？我看到了我的有限，面对舌头的味觉，我的语言是匮乏的。即使同属杨梅，彼杨梅与此杨梅也是不同的。我很少吃到这样好吃的杨梅，这不仅是地理气候的缘故，也因栽培者坚持用羊粪，不用化肥，所有的培植过程都是原生态的。这样一来，杨梅外观并不太好看，看起来不是那般红得发黑。所以他说现在是亏本的，但他说他会坚持下去。开发区很多农民享受到了开发的好处，每月有津贴领。这里每月一两千元的家政活计没人干，很多人过着收房租、打麻将的悠闲生活。比起这样的农民，我更喜欢这个站在杨梅山上的农民。

这样一个勤劳的农民，当杨梅成为了他的背景，当他的心比他的杨梅更红，我是想把他称为"人民"的，我把这样的人称大词用在一个人的身上，"一个人民"，这句话在语文里是不通顺的，是病句。可在我的心里，这是最健康的一句话。这样的一个农民我是必须记住他的名字，但我更愿意叫他"红"，纯正的红，不掺杂质的红。

南太武高尔夫球场是绿色的海洋。我们坐着游览车绕场子一圈，那个司机是台湾人，热情地介绍着，既是司机又兼导游，他告诉我们关于高尔夫球场青草的由来，那是一种独特的草，很耐践踏，最初是牧羊人发现的。不断有人问说看见白鹭了没有，白鹭是珍稀的鸟禽，是的，我看见了，白鹭的白，是那样的耀眼，还有很多别的鸟，很多颜色的鸟。

还有那小黄花，无论是疏港路，还是高尔夫球场，触目皆是这叫不出名的小黄花，它们开得恣肆，黄得那么彻底，看得我心里也开出了花，那叫心花怒放。

那起伏逶迤的草场，那草色，它点缀了白鹭的白，花草的浓黄、粉紫，这样的绿最是丰富。这海边的草，它还染了一点大海的蓝，这蓝，神秘、纯粹。这蓝仅仅是一种颜色吗？这样的颜色，谁沾染了它，谁就拥有了灵魂中最干净的部分。

一个人的公园

1

在这个小城寂静的午后,我拐进了一家公园。

正是秋季,是这个小城最好的季节,不冷不热。这个被命名为"人民公园"的地方,这个小城最美的公园,即使周末也是冷冷清清的。公园边上的停车棚里见不到几辆车,偌大的停车棚显得空荡荡的。这里的停车费比别处贵,但我想,这偌大的公园里,就单单为了看看那一大片的花草也是划算的。你想,栽种和管理这一大片花草树木要耗费多少人力物力呀?而我只花费了1元5角钱,我觉得我是捡了一个大便宜。

现在的人都不屑于去公园了,除了孩子。而我一直是爱着公园的,就像我一直对爆米花、糖葫芦抱有兴趣。小时候在乡下,就特别向往城市的公园,那是在小人书上看到的,后来去过上海的公园,那里的河比家乡的河漂亮多了,有亭子、柳树、花草、石椅、假山等,都让我喜爱,我爱上帝造的大自然,也爱人工造的景致。几年前我为了进这家公园,硬是叫上一位好朋友陪伴,她被我一再地勉强，无奈地答应了，但还是不住地发牢骚，说她家人都在笑话了，说又不是小孩，怎么到公园去玩。我几次从这个公园边上过，都想进去看看，尤其是这两年在家养伤，我成了卡夫卡圈养的一只虫子，我蹒跚的脚步被四壁围困，几乎与世隔绝。那时我就想，只要能到这个公园里走走我就知足了。我尤其喜欢里面那个大湖，我喜欢坐在水边。还有园内那么多四季都开不败的花。现在我的腿好转了，却一直没有去，我总觉得我不能一个人去，因为我从来没见过有人单独到公园玩的，所以好几次都没有勇气走进去。今天不知怎么就进来了。我想这个公园既然叫"人民公园"，我也是人民的一分子，我有权利享受人民公园里的美景。

2

进门处就是一大片金黄色的小菊花，它的郁郁葱葱被园丁规矩在整齐划一的造型中，正如我被压抑的寂寞。我就在菊花丛边的石椅上坐下，人民公园确实静呀，人民都跑哪里去了，全都午睡了吗？我只看到远处湖岸边的石椅上坐着一个好像在垂钓的人，再就是进门处一个摄影摊点上有一个女孩。我感叹，倘若无人观赏的公园，再美也是一座废园，但当我坐下来的时候，我便想，我来了，难道我不是人吗？我坐着，和这些小菊花一般高，我的视线被菊花丛挡住了，我看不见门口照相摊位上的女孩，也看不见远处垂钓的人，这一整个公园好像真是我一个人的了，我能感到空气里弥漫着的宁静、幸福的气氛，这些开得正酣的小菊花像是注视着我的眼睛，那些碧绿的叶子像是倾听着的耳朵。这一刻我比谁都"自我"，又比谁都"无我"。我猛然想起今天是重阳节，我想起很多描写重阳节的古诗，都写到了菊花，菊花像是专为这个节日开放的。唐代诗人李嘉佑的两句诗"欲强登高无力去，篱边黄菊为谁开"，很契合我此时的心情，这菊花不就是为我开的吗？我的腿不能登高，但有这么多好看的菊花为我开放，此时真是为我一个人开放的，足够了。

一丝微风也没有，花草树木，包括地上的落叶和我的鬓发一丝不动，天上的云朵依然呈舒适状，可我还是感觉到了一股气流，从别处来的气流，这让我突然有些不安。果然花丛的尽头闪出一个人，一个看去不太正常的男人，他一只眼睛有些歪斜，看起来很怕人。他像是盯上了我，使劲地看着我，朝我这边走来。吓得我忙不迭地站起身来，我知道后面有个垂钓的人，门口处有个照相摊点，还是门口近，于是我走到北边的照相摊点避难，摊主是一个看去营养不良的女孩，我不好意思对她说真话，不好意思说我害怕身后不远处的那个男人，她这里不是岗亭、不是110，她没有保护我的义务。但那一刻我模糊地意识到，一旦我成为她的顾客，她就多少有了这个义务。我问她有没有一次成相的，她说有。我就随便选个角度让她照。那个不正常的男人站在对面看着我，他悠然自得的样子好像是在自己家里，让我感觉他是这个公园里的常客，是主人。我忽然意识到，这个时候只有这样的人才在公园里，只有这样的人才一个人逛公园。看来这些花草是为这样的人预备的。而那些被关在办公大楼格子里的白领，那些或商海弄潮或案牍劳累的人们，哪有这样的人惬意，这偌大的公园像是被他包了下来。

我于是又拍了一张，我故意磨蹭时间，一会儿弄弄头发，一会儿涂口红，那个女孩很有耐心，反正只有我这一个顾客。不一会儿，那个男人就走了，在我很认真地摆出pose照完第二张相时，不知道他去了哪里，不知是往公园深处去了，还是出了公园大门，反正看不见他了，我舒了一口气。他走了，我且安之。照完相我往公园深处走，那个垂钓的人也不在了，公园到处是棕榈植物，显出一副慵懒态势，我走到大湖一侧，那里有个亭子，亭子周围风景独好，兰花鲜艳的色彩顿时让我的心澎湃了一下，秀茂的榕树盆景，铁骨般的根盘虬曲遒劲，于这方天地中自成气象，亭子后面的仙人掌与多肉植物开到恣肆，空气格外澄澈明亮，那是被植物滤过的绿色空气。"好花知时节，当春竞怒放"。可是在我们这个小城，花草是有情意的，一年四季都竞相怒放。我慢慢地观赏着，我不能匆匆而过，此时这么多的花，只有我一个观者，我不能辜负了这些花，慢，有时是一种泰然自若的定力，源远流长的文化积淀也是慢的，这需要多少清风朗月的历练。

这时走来一个拎着提包的女人，她不是来逛公园的，她匆匆的脚步说明她只是一个过路者，她从公园的一个出口奔向另一个出口，此时正是下午上班时间，她是个走捷径赶着上班的人。我又想起办公大楼格子里的白领们，在这个花果飘香的小城，他们一年有多少时间赏花？为什么生活越好就越忙，如果这样的"好生活"里面没有慢下来与一朵花相遇的时间，真是遗憾。不禁想起已故恩师蔡其矫，他是真正爱花的人。他在他老家泉州圆坂的家里种了很多花，记得有玫瑰、茶花、金桂、非洲菊、朱顶红、炮仗花、紫薇、绣球、杜鹃、茉莉，等等。当初我看着那些鲜艳的花草，便为自己没带上相机后悔莫及。他即使被打入"牛棚"，也在"牛棚"外种了许多花。那年他从媒体上得知我们这里有个"清莲苑"，就亲临欣赏。"清莲苑"主乐不可支地采撷了一大簇花送给他，惹得怜香惜花的他一迭声地说："好了！够了！太多了！"当蔡老告别时，有个同去的诗人提议把每人的莲花都献给蔡老，作为对蔡老的爱戴。我们正要把自己的那份花放进他的怀里，没想到他竟然孩子般地生起气来："你们不爱花？你们不爱花！你们怎么可以不爱花？"直至我们把属于自己的那份花捧在手里时，他才欣慰地告别。

3

我坐到亭子里看湖水，隔着湖水，湖对面的楼房就像从水里长出来的，有种不真实感，像是置身一幅画里，忽然一只鸟落到湖边的走道上，原来那里有一只虫子，那虫子在地上翻滚着身子，鸟一边用尖喙捣扯着，一边用它褐色的眼睛机警地环视着周围，已经很少见到这样鲜活的场面了。我忽然爱上了这只我叫不出名字的鸟儿，因为我发现它和我一样的孤独。虽然它和我还隔着一段距离，我轻轻地伸了伸腿，它忽然就受惊地一飞而去，瞬息不见踪影。我不再敢轻举妄动，等了好一会儿，以为它会再来。可是没有。鸟也是公园的一大景致，因为它们太稀少了。小时候看到的鸟儿，按母亲的话说是："缠破头"，意思是缠上你了，赶都赶不走。那时，无论你晾晒什么食物，都能把它们招引来，你就是在不远处站起身来，它们顶多扑棱翅膀飞出一段距离，等你不再注意，它们又会飞回来，很皮脸的。哪像现在的鸟如此警觉，鸟真是聪明的东西，现在的鸟知道现在的人是多么可怕的东西，人，什么不敢吃？虎豹蛇虺都不在话下，大无畏精神，可上九天揽月，可下五洋捉鳖。

4

来了两个农民模样的男人，提着大包小包，想必是进城来的农民来这里歇歇脚，他们在离我不远的一个石椅上坐下了，他们一边说着话，一边掰着橘子吃，公园有了他们显得热闹了一些，可他们只坐了一小会儿就起身走了。公园又恢复了平静。一会儿，又有一个男人朝这里走来，这是个城市居民模样的男人，他远远地、不动声色地打量着我，然后坐到刚才农民坐的石椅上，他一落座就掏出手机打个不停，我听到他无限深情地，用蹩脚的闽南普通话说："你说有空要给我打电话……你不想我了吗？"我明白

了他的身份，我在心里对自己说，这是一个嫖客，他是来这里约会……。可他不时地朝我这里看，他在注意我，他一定在想我一个女人怎么独自坐在这里？我忽然不自在起来，也掏出手机，一会儿看信息，一会儿放到耳朵上。这样，在他看来，我也像是在约人等人。我忽然被自己的举动吓了一跳，我无非是想告诉他我在等人。这时又有几个人从我身边走过，公园里的人多起来了，不远处也有三三两两的人悠闲地走着。我大可不怕歹徒抢劫之类的事情，可我为什么还要弄出这样的举动？尤其是我把手机放到耳朵上，并没有跟谁通话。

  我似乎有些明白了，因为到这里的人，或是在约会，或是不正常。可在这里约会的女人，多半是不正经的，看来，在我潜意识里，我宁愿被看成一个不正经的女人，也不愿被看成一个不正常的女人。看来精神上的病比道德上的病更让我感到恐惧。同时我也对这样的恐惧感到恐惧。

  下次再来还是在脖子上挂一相机吧，伪装成摄影者，就不会被当作不正经或不正常的人了。

第五辑

绝版情怀

一些植物

1

喜欢攀缘植物，觉得它们优雅，常绿，不开花也没有凋敝的遗憾，给人无尽头的快慰，有长生不老的蕴意。茑萝、凌霄、紫藤都是攀缘植物，茑萝这名字很小资，凌霄有女强人的味道，但现实中我都没见过这些植物，或许见过了对不上号。至于紫藤，其实也没有真的见过，但它是一种中草药，有止痛、杀虫的功效。我的专业是中药剂，《药用植物》是一门基础课，算是在书本上见过。来源豆科，豆科的植物都是些长翅膀的天使，样子大都好看。我在现实中见到最多的攀缘植物是爬墙虎，它普通得令我失望。那个午后，阳光很炽，鸟儿的叫声若有若无，小楼，旧时建筑，3层。灰色水泥砌成的外墙，木结构的方格子玻璃窗有点异国情调，茂盛的爬墙虎攀附之上，一蓬蓬的遮掩在窗缘上，像一张图画，淡墨的，水粉的朦胧。这样极简单的景致却让我产生一种伤感之美，不明缘由的惆怅便缓缓漫上心头。

2

  三角梅有着不安分的灵魂,我从不认为它是花,我以为那是变色之叶的伪装,这木本植物也学着攀缘,还学得很成功,很会造势,像是对命运的抗争。远远望去,火一般的燎势向着高远空阔处一路舒展。然而,当它们落单,只三两盆于寻常百姓家的阳台时,虽也是旺盛的,却不起眼,那艳也只是俗艳。其实,旺盛蓬勃的东西都含着些轻贱的意味。闽南话叫"臭贱",大凡娇贵的都很难蓬勃和旺盛起来,如果不借助后现代技术。

  我奇怪,桂花与含笑这两种植物怎么会在花香里掺杂着甜味。本来,甜味只属于舌头上味蕾的感知与享受,比如白糖的甜,我们嗅不到。

  可是,桂花、含笑的香与甜都让鼻子独享了,让嗅觉与味蕾功能合并。甜味是黏滞沉坠的,香气是飘逸轻扬的。香气携带了甜味,这也算有趣。因了这特殊气味,桂花、含笑便是我花中的挚爱。有人专门在宅院门口的两旁种植这两种植物,刚开始我以为是所爱略同,后来知道那只是巧合,并非因了它们特殊的气味,而是因其名,把含笑、桂花等同"含笑迎贵客"的意思。

3

喜欢那些一到冬天就将叶子落个精光的树,裸露的硬朗的枝干伸向天空,像是说,来吧风呀雨呀雪呀,我死都不怕了。可是一到春天它们就返青了,绿叶盈满树,变数如此之大,对季节如此敏感。北方有很多这样的树,南方的木棉树叶是这样的树。这树有一股子豪气,也被称为英雄花。我把它们看作女中丈夫,木棉树都长得很高,树干笔直,花硕大、红艳,一开开满树。树上却没有一片叶子。似乎在说,这样绚烂强势的花儿不需要绿叶的陪衬,我举头仰看,蓝天成了它们的背景,煞是好看。是的,只有蓝天才配得上做它们的陪衬。那年在家养腿伤,稍好的时候,就挣扎着去看它们,带了相机去。那时正值春天,正是开花的季节,远远地就看见有几朵坠落,却没能抓拍到这有些壮烈的动态,它们落在地上依然是鲜艳的,远远地都能望见树下那一大片红艳。它们是鲜艳的时候就坠落了,像是一种壮烈的赴死,像不让世人见其白头的美女。我在那里照了相,让一个园林的管理员给我拍的,两张,都是半身的,贴着树干。好像我是从它里面长出来的,从树里长出来的,我像树的一个分枝,我既是从树里长出来的,那么,我的花,我的红艳在哪里呢?

夏天了,我的腿脚更好了,就常去那地方。夏天它们就长出叶子来,叶子很好看,树冠在很高的地方才打开,很阔大,七八棵树就可遮下一片天,那些树叶排列好看又有序,仰看,像是偌大的一张艺术版画。

4

那年路经杭州,正是春天,听说有郁金香花园,便跑去看花。看花,我原以为我这花乡漳州出来的,要到广州、昆明、洛阳看的,不知道杭州也是花团锦簇。正是雪灾后的第一个春天,经过了那一冬的暴戾,花草树木们依然葳蕤。郁金香在自己的王国里开到恣肆,牡丹、芍药、桃花也不节制,处处都能看到它们争春的盛妆。

郁金香花色繁多,它们聚在一起姹紫嫣红,很"动荡"的美,让人心里的激情暴涨。在这些夸张的色彩里,却也少了一种喑哑的深度,我忽然想起大仲马的《黑郁金香》。黑色的,那一定美到恐惧。往往太过显赫的花,衰败也快。它们像被火点着了,开得很有声势,很快就开过了气,花瓣垂落一地,沧桑如美人的迟暮,惨不忍睹。

西湖畔的绣球花,淑女般洁净,花与叶同色,不张扬,却给人不事奢华的大美。它是清高的低调,带有点洁癖,不屑与百花争艳,不要绿叶的陪衬,似乎要借绿叶把自己的美遮掩起来,无奈天生丽质难自弃。

5

一直以为，没见过牡丹的人是有遗憾的，所以一直想去洛阳看牡丹，各种原因一直未成行。牡丹，越发地在我的心里神秘起来，也许和那个武则天与牡丹的神话有关，也许是因为"唯有牡丹真国色，花开时节动京城"的诗句。但我知道，更多的是和我的童年，和我的姥姥有关。姥姥对牡丹不是简单的爱，而是一种崇敬。每年家里买年画，必有一张牡丹的。没想到在杭州看见了牡丹，总之，看见牡丹是遂了我的一个心愿。

清人涨潮在《幽梦影》中就已说过："凡花色之娇媚者，多不甚香。"是的，那些明艳的花，太过于注重外表的美，极尽所能地把心血耗费在此，于是便顾不及香气。今年春节花市很火，兰花都卖得很贵。我就买了几盆水仙，我所居住的这个小城以水仙扬名，让一个地名永远浸漫在飘逸的花香里，该是多么诗意的。春节时节水仙准时开了，先生喜欢躺卧在沙发上看电视，那满簇的水仙花正对着他的头，他说那香气熏得厉害。我说水仙花香清雅，只会让人愉悦。水仙开了一个多星期，我从厅堂进进出出，总在那花前伫立片刻，想那花香怎能这样每时每刻地释放，尚能维持这么久的时间，那香囊的内存该是多大呀，它们比风暴更有力量的。桂花、含笑，还有茉莉等等所有不起眼的，却很香的花。它们很像那些不事外表的，其中多半是知识女性，宁愿花开得不那么艳丽，为着奉献出自己的香气。世人对于花，各取所爱，就像男人喜欢什么样的女人，全凭心性。涨潮说莲花既是花色娇媚的，又是芳香的，还结果实，可他在另一处也提到了莲花的易凋谢。可见十全十美的花也是没有的，人也是一样。

6

　　看多了百花缤纷，再去看不事张扬的树，便有另一种韵味。小叶枫，同一品种树同时出现两种颜色，一棵翠绿的，一棵绛红色的，两棵不同颜色的小叶枫并排一起，就有季节交错之感。我拍摄下这样一张照片珍藏。

　　法国梧桐适合栽种于百叶窗旁，优雅的，怀旧的味道。它们也是适合怀旧的。当音乐从远处传来，有秋季的落叶抑或冬季的雪做背景。

　　香樟树是许多女人心仪的好男人吧，那铜皮铁骨非奶油小生可比，翡翠般的叶是他浓浓的真情。

　　去绍兴的百草园，明晃晃的油菜花仿佛从阳光的根部伸出来的，而碧绿的菜畦，光滑的石井栏，高大的皂荚树，紫红的桑葚却永远地留在了大师的书里。

　　细雨打湿了路面，桃花依然灼灼，盛宴里却也潜着残羹的荒凉。桃花是带些风骚的，向来，人们对桃花是矛盾的，它让人想到色情，想起风尘女子，想起花颠，说是每年春天，桃花一开，精神病便复发抓狂。可人们对它的喜爱也是难于抑制的，回头率仅次于玫瑰。很多诗人把它写进诗里，我最喜欢唐人钱起的"桃花徒照地，终被笑妖红"，把桃花的处境表达得淋漓尽致。

7

林下国有林场。这是一个植物的王国，让我大开眼界，有幸亲见了那么多在我几十年人生生涯里只闻其名不见其面的植物，比如无花果树、面包树、榴梿树、金丝楠木、黄花梨、印度紫檀，等等。无花果树是我心目中有着独特意义的植物，无花果树是以色列常见的果树，据说无花果可以做饼，还可以治病。《圣经》中多以无花果树做比喻，这植物的外表看去也是奇特的，一簇簇扁球型小果紧贴着树干，叶片阔大，《创世纪》记载了上帝曾以其叶制作围裙为亚当、夏娃遮体，那可是人类的第一件衣服。

面包树是一种木本粮食植物，我也只在童话故事《小王子》里看到猴面包树这种植物，没想到现实中还真有能长出"面包"的树，一个个椭圆形的果实垂挂在树上，因为味道类似面包才得名。不得不感叹大自然的丰富与奇特。

金丝楠木树、黄花梨树、紫檀树也是第一次见到，这都是极贵重的树种，这些贵重的树种都有一个同样的特点，这些贵重的树种看上去都极其普通，貌不惊人，叶子细小，也没有鲜艳的花、没有长长的枝干，太不张扬了，但树干刚劲端直，直往上长，有一股凛然的正气。这些贵重的树生长得都极其缓慢，珍贵的东西都是生长缓慢的。紫檀，每100年才长粗3厘米，金丝楠木成为栋梁材也是要等个上百年。这些珍贵的树虽生长缓慢却不改其志，一个劲地往上长，豪气内敛却更增了庄严感，让人肃然起敬，让人想起"巍然矗立"这样的词。这些树是植物中何等佳美的生命呀！就拿金丝楠木来说，木质结构细腻，纹理美观，冬暖夏凉，对人类是何等的贡献呀。金丝楠木古时候是皇家专用木材，所以金丝楠木被称为"帝王之木"，金丝楠木还能发出特殊的香气，令人愉悦的香气还能起到驱虫防腐的作用，金丝楠木埋在地里千年不腐，所以皇家棺木也常采用金丝楠木。但也有两个不是帝王的人用了此木，一个是包公，那是他身后的事，是后人所为。后人为包公做了金丝楠木的棺椁，当然这不是包公本身的意愿，但人民愿意这样的清官永远不朽。而另一个用此木的人就是大贪官和珅了，他大量窃取金丝楠木为自己建造房屋，价值连城。可是贪欲最终让他失去了一切，连生命也不保。见到金丝楠木树就像见到了人中之君，其笔直的树干如同正直的人品，发出馨香之气造福于人，其驱虫防腐亦如拒腐蚀永不沾的人品。见到金丝楠木，见到这样的树是何等的福分。

回乡偶记

1

说是随先生回家探亲,去看望年迈的公公婆婆,其实还是怀了些私心的,比如想去看一场久违的大雪,去尝北方出产的时鲜……是的,我想念北方的冬天了。雪,是我回老家的一个隐秘而盛大的动力。心里想着的是那种铺天盖地的大雪,最好还是夜晚到达,有"风雪夜归人"的壮美。我是不是太浪漫了?可惜是早上的飞机,凌晨3点就起程,怀着对家居的腻烦和对北方冬天的渴望起程。

没有见到雪已然30多年,30多年我一直生活在温暖的南方,30多年我对雪的记忆已经淡去。我想念雪被团在掌心里的声音,想念双脚踏在雪地上的声音,还有屋檐下的冰凌含在嘴里的感觉……这些都不是电视画面所能给予的。最后一次看雪是在青岛一条叫"广东路"的地段,雪柔柔地飘下来,一层一层地囤积,广东路一片白茫茫。想起来很有趣,一条用着南方地名的路,覆盖着北方的大雪。

我以为一个人的一生是应该见过一些东西的，比如海、比如草原、比如牡丹花，还有雪。哦，我不能想象一个人怎么可以容许自己的一生没有见过雪，怎么可以不知道北风吹雁雪纷纷，窗含西岭千秋雪的景象。也许我这样说有点苛刻，并非所有的南方人都有条件离开自己生活的地方去看雪，这牵扯到时间、金钱，甚至游伴。可是，雪这东西真是物界里属灵的东西，没有别的东西可以替代雪。

2

为了这次回家，准备工作早早开始，我无数趟地跑超市街店，揣着母亲硬塞来的大钞，专为我买衣服捐赠的，已经由不得我了，我坚持了很久的梭罗理念"我最大的本领就是需要很少"彻底瓦解了，中国人总是要衣锦还乡的。为了回一趟家，忽然就奢侈起来，一下子买了两件新外套——一件大衣和一件羽绒服，还买了棉裤、棉袜、雪地靴、手套、帽子、耳罩、护膝，等等。哦，我把自己武装得太规整了，感觉是一件极隆重的事。腿摔伤3年还没走这多路，3年来也是第一次跨出省。

3

飞机绝对是物质文明的一大见证,从福建漳州到山东海阳,它让我一天之内经历了一个极大的降温。我小叔来接站,说路上雾大,车跑得慢。我们让他慢慢开,说安全第一。结果飞机也晚点,我们在机场碰面的时间正好吻合。一见面我再次强调开车要慢。他一挥手臂说:"末事末事!"海阳话把"没"读作"末",就是没事,让你放心的意思。山东话腔调里特有的豪爽与自信,好像自己就是上帝,很给人安全感的。后来在海阳一商场买鞋,我问哪儿有布鞋,服务员同样一挥手,同样的腔调:"哝,在那!"就好像全世界的布鞋都集中到那儿了。可是到了那儿,我连一双布鞋的影子也没看见。人的言谈举止甚至性情免不了要受地域影响,小叔年轻时在福建那温文的旧时气息荡然无存。并非我认为温文比豪爽更好,只是感叹环境的强大。

我从机场大厅的玻璃门望出去,见人说话时嘴里不停地哈出热气,就以为很冷。于是我扣上大衣领扣,戴好帽子、手套、耳罩,凛凛然一副武装到牙齿的模样。可出了机场大厅我就失望了,我没有感到冷,这哪像北方的冬天?我儿子也有同感。现实的冷远没有想象的那么冷,就像一个怀着满腔仇恨的战士上了战场,却找不到敌人。

从青岛机场往海阳市的高速路上遭遇了堵车,先前的大雾天,

让几辆车追了尾。这时我才想,还好没下雪,要不路就更难行更危险了,浪漫的东西大都不符合现实。趁着堵车,我下车拍下两张照片,一个男人的背面和另一个男人的侧面,拍下北方零度至零上6度的概念,那天好像是这样的温度,已预先把我吓住,你想我在漳州零上8度就冷得受不了。可是背面的男人只穿了一件毛衣,侧面的男人站在高速路边,他穿得更少,一件T恤。其实,北方的冷和南方的冷不大一样,北方空气干燥,南方空气湿润,干冷与湿冷是不一样的,感觉北方零下二三度相当于漳州零上七八度。直到后来的零下8度,我才感到了北方冬天的威力,像路上一个美女说的那样,冷得"锥锥"的。这形容很形象,那冷,锥子般真往人身体里钻。然而,冒着零下好几度的寒冷去看花灯,却是很有趣的。最有趣的是,倒一杯滚烫的水放置在窗台,把铝合金窗拉开一条缝,你能看见在冷空气的逼迫下,热气汹涌地朝一个方向急速散去,像溃退的大部队,兵败山倒。再后来,热气单薄了,有时还会改变方向,像散兵游勇,慌不择路。

4

透过车窗看这北方大地,枯了的草色让开阔的平原还保有秋的底色,没有从前那种光秃秃的荒凉感。据说是因为有天然气烧了,才留住了这些枯草,否则这些草是要被人搂了去烧火的。不时看见有些被农人遗弃的苞米秸秆立在地里,像慈禧太后治下的一群老臣。有些水面结了薄冰，只是这冰和我小时候见到的不一样，那时候的冰像透明玻璃，透明的，那时候水是清的。现在这冰像一块块蒙了尘的镜子。

路两旁的行道树多是杨树和银杏树，都已落光了叶，现出它们硬朗的枝干。这样的景象使彩色相机拍不出彩色的效果，倒添了些厚重感，"苍茫"一词也不再显得矫情。不多的冬青和松树依然保有绿色，那绿是竭尽全力了的老绿，不似春夏那带了生机的嫩绿。杨树，让我想起小时候姥姥的歌谣："杨树柳哗啦啦，小孩睡觉找他妈，乖乖宝贝你睡吧，来了毛猴我打它……"我老家早年确实常有猴子、狼、狐狸等动物闯进村。可是现在，连野兔也没有了。

树上倒是裸露着硕大的鸟巢，还不时有巢主亚秋（喜鹊）掠过，给这萧瑟的冬日天空带来些生气。可惜我的摄影术不好，没有抓拍到。我惊讶山东人给喜鹊起了个美女的名字——亚秋，就好像阿娇。我还惊讶，这要是在我生活的南方，小鸟与鸟蛋早被人连窝端了吃，其实山东人虽没有南方人那么嗜野味，但有"宁吃飞禽一口，不吃走禽一顿"的说法，后来才知道亚秋们能安然过冬，得益于山东民间另一说法，说谁抓了亚秋谁将不吉利。后面一种说法类似谣言，却有力量。看来这样的谣得多造点，让所有的鸟儿都得到保护。

路上还看到一处滑雪场。觉得奇怪，为什么只有那个山坡有雪。得到答案是人工造雪，我的心咯噔了一下，山东这地儿还需

要人造雪吗？那说明下雪并不是寻常事。我真担心我遇不到一场雪。后来果真是这样。下雪，在这里已是一件奢侈的事。滑雪场不见人影，空着一山坡的人造雪。人造雪，在我的眼里不能算作雪，我要看的是那从天上来的，只有天，这样大的气势才配造出雪这样神奇的东西。北方粗犷，却有雪这般细腻的东西作为衬托。雪，悄悄地来，那么轻柔，它的力量却是强大的，它的名字常与"崩"和"暴"相连。然后化成冰或是融为水，是的，它只能变成冰或水这同样神奇的东西，然后消失得无影无踪。它奇妙的变化是超物理超化学的。

有一场雪不再融化。姥姥走的那年，一场大雪，满世界都白了，怎样暴戾和盛大的披麻戴孝？雪覆盖了地上的一切，覆盖了地上最爱我的人。它的白，是涂改，它的白占领了我身体的一部分，它逼出我身体里另外的白，渐渐地我有了一根白发，两根白发……数不清的白发。这样的一种颜色，让世上别的颜色微不足道，让人的一世至暂至轻。它的冷，是最好的麻醉剂。一个经历了生离死别的人，渴望雪。许多年后我再想起姥姥，"姥姥"二字已是一个僵硬的代名词，一种社会关系的称谓，没有温度。我才明白雪的覆盖与涂改是怎样的彻底，那是上帝的仁慈。因为上帝知道，那爱与思念不是一个 8 岁孩子所能承受的。如今我渴望化雪，渴望多出灵魂的泪让那爱与思念复苏，可我无能为力。雪，我不知道我该爱你还是恨你。

5

车子进入海阳市区,满街市都是卖柚子、橘子的货摊,我有些傻眼了,好像我依然在柚子、橘子的产地漳州,可见漳州水果销售工作做得多好。后来知道沙塘橘是从浙江运来的,有纸盒包装、塑料筐包装,还有散装的。不比产地贵,只是有的冻坏了,不那么好吃。那年我公公刚从福建离休回海阳,我们寄回柚子,有个邻居也是从福建回去的,一闻到柚子味就跟去了,说好久没吃这东西了……现在运输业之发达,南北物产都能通吃。但我还是看到了很多南方没有的东西,比如大得吓人的萝卜,绿色的,生甜。还有圆形的萝卜,绿皮红秧,芹菜和茼蒿也有异颜。这里的很多东西都是大的,大葱、大白菜、大萝卜、大花生,饽饽(馒头)也做得很大,人也长得高大。

按当地风俗:"上车饺子,下车面。"回家第一顿饭必要吃面条,家人怕面条下早了会酱,所以等我们到家才开始做,没想这一等又等了好久。午夜3点就动身,早已饿慌,心里就对这些老风俗老规矩有了怨气,这次回家前我跟先生说好,吃饭时我该坐什么位置让他提前点拨,免得我坐错位置破坏了规矩。还好,先生说已没这些规矩了。没想,婆婆和小姑又拿出事先准备好了的红内裤让我穿,大红的底子,烫金的描龙绣凤。婆婆和小姑一再交代说穿的时候不能说话。我不能忍受,坚决不穿,她们就轮番

来说服我。当然，有些风俗我不会反对，比如春节吃饺子、端午节吃粽子、元宵节吃圆子，等等。除夕中午我们刚吃完饺子就又接着包晚上的饺子，我心想怎么不一次包完呢？还把钱币与红枣一同包进饺子里，钱是1角的硬币。也许我的眼神出卖了我的内心，小姑看了我一眼就解释说那钱都烫过开水的。这不能让我释怀，我读卫校时就知道肝炎病毒要在沸水里连续煮15分钟才能杀灭。吃饺子的时候人人都想着能吃到钱，据说这样能在新的一年发财。唯独我默祷千万别吃到那些肮脏的钱！谢天谢地，我果真一个子儿也没吃到，我先生也没吃到，他为此无比遗憾。我公公吃到了钱，揣在手里又是欢喜又是叹息。临走前的那顿早餐，有馒头、稀饭、饺子，按风俗饺子是必吃的，我做了妥协，吃了一个饺子，心想就要走了。没想这样不成，说至少要吃两个，可能饺子是代表脚力，两只脚就要吃两个，公公婆婆又是一番轮劝，我不想随从这些拜物的风俗，不能把我的双脚交给软塌塌的两个饺子，但还是被这贯之美好愿望的习俗打败。

　　海阳的食品尤其丰盛。很大条的黄花鱼、偏口鱼、大虾，都是我喜欢的。海蛎子带壳煮着吃，大盆盛上来，一会儿各家门前的海蛎壳就堆成山，大白菜有股甜<u>丝丝</u>的味道。还有黏高粱米、黏小米、糯玉米、绿萝卜也是我爱吃的。春节本来就是享受锦衣玉食的时候。婆婆又不让我干活，我就饭来张口了，加上成天浸在屋内温和的暖气里，人都萎顿下去，就想出去走走。大年初三外面就有人摆摊卖东西了，我买了糖葫芦吃，这里的糖葫芦除了山楂还有山药和软枣的，很好吃。

我上次回来是夏天，晨起常沿一条大道跑步，芙蓉夹道的一条路，我努力寻找那条路，可这些地方都被改造了，旧痕迹被抹去了，我想，哪怕能认出一棵曾见过的树也好，可是不能，那些树也是陌生的，漂亮的新楼房像一个个穿戴华贵的失忆者。忽然我像被软锤敲了一下，我知道现在我所看到的这些场景，再也不会出现了，即使我再来，即使不改变所有的建筑。

路上人来人往，有的彼此打着招呼，有的步履匆匆要奔向一个明确的地方，没有一个人注意我，我茫然不知所措，再没有比在故乡茫然不知所措的人更忧伤的了。

刚出门还不觉冷，过了半小时就冷起来了。忽见不远处有两家书店，心里高兴，进去了才知道，大都是赚孩子钱的辅导教材。女店员很漂亮，说话很好听，没有一般山东话的粗硬。我问有没有文学书，漂亮的女店员热情地介绍，说有男人看的书也有女人看的书，我听了很好奇。女店员一边说一边就抽出了几本，都是封面花里胡哨的那种，有《钢铁少女》、《纯情少爷》，还有反腐反贪的书，最多的还是市面上流行的穿越小说。也不知哪一本是男人看的，哪一本是女人看的。我又去了另一家书店，依然是学生的教辅书占了多数，我又问有没有文学书，这个女店员更漂亮，她反问我："谁看？"我惊诧，我只在服装店听过类似的问话："谁穿？"服装因人而异，这样问没什么不对，可这是书店。我还是告诉她，我看。她马上利落地说，那你看看《知音》呀、《读者》

呀、《家庭》呀不好吗？那都是很好的书！我说好好！我怎能说不好呢？何况那真是好书。

这里的女孩真是养眼，在路上，在商场，包括见的亲戚，我好几次想要学习我的恩师蔡其矫那样拿出相机拍下她们，可是我没有勇气。商场的那次，我真的就掏出了相机，被我小姑硬给挡回去了，真郁闷。早就听人说山东电视台的女播最美，又听外国人说山东女人才是中国美女的代表。以为是夸大之词，这次被证实了，我奇怪我过去怎么没注意，她们不但脸蛋好看，身材也好，大都在一米六到一米七之间，装扮也大气。也许是水土养人吧，难怪能出范冰冰。

这里的女人还能干，常能看见美丽的女人驾着跑车呼呼来去，有一个美丽彪悍的女人下了车，一会儿工夫买了一大捆的菜，呼呼地拎上车开着就跑。我同时发现一个悖论，尽管这地儿的女人漂亮能干，可没哪地儿的女人比这地儿的更受歧视。这里到处可以听到"老婆"一词，泛指结过婚的女人，如同"妇女"的意思，却带着点贬义。没有办法，这里的大男子主义有祖传。

6

我其实不喜欢山东话，也不喜欢闽南腔的普通话，我觉得它们都只适合入小品逗人笑的。可我总免不了要被这两种话挟裹，我是个很容易被语言侵袭的人，我想只要再待上半个月，我也要说这样一口山东海阳话了。我不能理解我父母几十年留在福建，几十年依然顽固地说着山东话，不能理解"少小离家老大回，乡音无改鬓毛衰"，这里人一茬的海阳话。我觉得这是因为没有外地人，不够发达的表现，你想呀，现在没有户口限制，各地的人都蜂拥去了发达的地方。也许海阳不需要发达，它有一个海就已足够。海阳的海是海阳的骄傲，曾是养在深闺的处女海，那湛蓝的海水，那金黄的万米沙滩，那宜人的气候，岂能久违？如今因着亚沙会在这里召开，更加瞩目。一进入海阳地界就能看见，原来的老县城——凤城。这个临海而立的小镇也乘了东风，不断地生长出高楼、别墅群。凤城原是解放前的老县城，据说海里有一块大石，远看如一只展翅的凤凰，故此而名。这只凤凰折翅很久了，如今，它又要展翅高飞了。海阳还是《地雷战》的故乡，但是这次回来没看见那两个手里托着地雷的人物雕像了，诠释地雷战的雕塑已被亚沙会的建筑标志取代，地雷被足球取代。这样也很好，意味着铸剑为犁，和平取代战争。可又似乎有"忘记过去"的背叛之嫌。

7

我每天都关注天气预报，其实是关注下雪。都零下八九度了还不见雪的踪影。一次听外面孩子喊着下雪了，我大喜，慌不迭地趿了鞋往外跑，脸上却装出不在意，怕人怀疑我回家的动机，

却原来是个狼来了的谎言,莫非孩子和我一样盼着下雪?

回程的路上,我不无遗憾地叹了口气,我天天盼着的雪还是没有下来。雪,我想我所要看的雪,已经不只是雪了吧。雪,它已经成为我的一个幻象。

石，与石居者

1

家的周边有个奇石市场，在这里走，就走在石头的世界里了。这地儿的石头很有名，叫"九龙璧"，也叫"华安玉"，据说明清时就有人收藏赏玩。叫"华安玉"是因其分布在漳州市华安县境内的九龙江流域。"华安玉"这个名称也许对于商业运作更有利，但我还是喜欢叫"九龙璧"。璧，本来就是美玉的通称，让人想到古代的"和氏璧"，还有，"璧日"喻圆润明亮的太阳，"璧人"喻美人。

一层的或上下两层的石肆，一长溜一长溜地排开，很有规模。据说有的店家以收藏为主，兼而卖之，有的店家纯粹就是以卖石为生的。但是，无论是纯卖还是兼卖，店家们都喜欢自称为"玩石头的"，一个"玩"字了得，饱含了乐趣、满足、温暖，许多科学发现不就是玩出来的吗？那个最早发现了微生物的列文虎克，就是因为喜欢捣鼓玻璃镜片，这才发现了另一个平时看不见的微生物世界，连英国女王和俄国沙皇也千里迢迢前去拜访他，算是玩出了名堂。这些玩石头的也有人玩出了收藏家、鉴赏家或玩得发家致富。这里除去一家挂"石文化协会"牌匾的，其余都是私家门店，店名的前部分各不相同，后半部都缀了很雅的字号，一一看去，有石庄、石斋、石轩、石苑、石阁、石馆、石堂、石居、石坊、石记。有的还要在"记"的前面加个"正"字，或者只叫个什么石，林林总总很是好看，荟萃了商业堂馆文化，就是不见有"石店"的字样，也许玩石者皆知"店"字有些俗，回避了。心想，玩石头的确是很文化的一件事。

我对于石头多半熟视无睹，偶尔也会被某一块美石打动，便远远驻足观看一小会儿。或许是我知道我骨子里有爱石的因子，所以不敢信马由缰。也知道自己不具备玩石的资力，但常在河边走哪有不湿鞋的，也许是麻木了的审美感知被这天然的美重新调动起来了，难抵诱惑，终于买了几块小石，是从一堆石头里拣出来的，想必是店主挑剩的。买的人大都抱着还有没被店主发现的奇石这样的侥幸，玩石人把这样的侥幸叫"捡漏"，捡漏者多半以为别人眼拙，其实不然，那都是些怎样的眼睛，那是长年被石头磨砺出来的金睛火眼，所以大多情况是没有漏可捡的。只是你以为好的，那些金睛火眼看它一钱不值。但奇石确实是一种"发现"的艺术，发现，需要审美商和能力，能给人愉悦。那愉悦巨大、单纯又带着些朦胧，那是一只无形的手，能掏出你的钱来，也能掏出你的魂来，有不少人倾其财力来收藏石头。这让我想起一个诗人描写的手，说能挖香，剥月光的壳。

我发现很多时候，顾客稀少到门可罗雀，店主们都很悠闲地在店里泡着茶,聊着天。偶尔也会"吃茶"地朝我招呼一声。我便应了,或是点个头,或是聊上两句。我心里常纳闷,如此清淡的生意怎能维持下去?也见过买卖成交的,顾客用汽车载了去。这样的时候不多,多半是买石的人少,石农卖进来的多。于是,那些大石头不停地被运到这里来,这里的石头越堆越多,把店门前的空地都占满了。据说原产地的好石越来越少,没有多少可捡了,这让我有了模糊的忧虑。有人告诉我说,没什么的,只是把东西从那里挪到这里,上帝看了会发笑的。可我有时还是会胡思乱想,想这些石头都堆到这里是否不堪重负?会不会像《孽海花》里说的那样:"平白地天崩地塌,一声响亮,那奴乐岛的地面,直沉向孽海中去……"

那么多的石头就那么随意地抛在外面,为行人免费提供观赏,看来石头是不怕偷的东西。有的矗在那里有好几个人高,有的要好几个人才能抱拢,这样的石头也是因为没有那么大的房子来放置它们。说来也怪,在我眼里,这些放置户外的石头比放置店内藏于家中的石头更好看,也许是因为多了白云青露的滋养,就如野生与禽兽之别。下雨了,雨点打在石头上,石头变得更美,红的红艳,绿的碧青,还有那藕红的、褐黑的、米黄的都鲜明起来。据说这些色泽是因其所处的河段不同所致。《山海经》里把黑色的玉石称作"苍玉",把有花纹的美石称作"文石","青碧"指青色碧玉,也用于孔雀石的称谓。这真是大美的语言。我想,把这些美词用于九龙璧也很贴切的。

2

多年前,这里有过一场半月之久的奇石展,汇集了全国的石种,除了原本的九龙璧石,还有黄河石、长江石、大化石、灵璧石、红腊石和黄腊石等等。我每天从那些奇石展摊旁经过,一次,脚下一绊,一块菊花石被我撂倒,美石碎了,我吓呆了。菊花石的主人从百米处惶惶奔来,风驰一般,眼睛溜圆地大吼一声:"那是我最好的石头!就指望它卖个好价了!"我听后差点晕了。边上另一石展摊主站起来打圆场,说:"你们二人都自认倒霉吧,一个亏一点,一个赔一点……"就这样,我痛心痛肺地赔了一笔钱出去。我感叹,石头是我的冤家。冤家,这缘分深了,要不那么多夫妻互称冤家。不是冤家不聚头,它好像早就在这儿等着我,算计我。要不那年房改,哪里都寻不到合适的房子,最终落户此地。

这冤家还让我狠狠地尴尬了一回。去华安采风,带回不少有关奇石的资料,资料里说到玩石一族的许多趣闻,其中一个"玩石头的"记载了他多年前在河滩捡了两款小石,依图案分别命名为"白天的树"、"晚上的树"。被一位女画家看上了,软缠硬磨,最后以800元的价钱买走,当年的800元是个很可观的数字。听那口气,若不是软缠硬磨,还得贵。不由得想起点石成金的神话,就记住了写这篇文章的玩石者。不久,我去领一个当地的文艺奖,发现那人的名字也在获奖名单中,原来他还是作家,遂生会会他的念头。到了颁奖大厅，我先找到我座位牌名字，落座后，便逡巡那人的名字，放眼望去找了一圈又一圈都没找着，却忽略了近在咫尺的眼前，一低头，得来全不费工夫，原来他的名字牌与我的名字牌紧邻，就在我边上。我笑了，笑竟有这般巧事，生活往往比文字更戏剧，我再转头去看真人，原来早已认识，华安采风时他就在其中。只是名字与人没对起来。我说拜读了他的大作，说他资料里的藏石很漂亮。他一激动，当时亮出手机让我看里面的石头照，并告知我说，手机里第一张石头照才是他的看家石，石中重器。我对着他的看家石端详良久，问说这是块"象形石"吧？他说对。我这也是从资料里学到的，知道有象形石、图纹石、画面石、景观石，等等。得到他的肯定回答，我得意自己的活学活用，立竿见影了。但我看不出这块高大的、柱子一般的象形石究竟像什么，我说像大蘑菇，他否认了。我又问："是纪念碑吗？"他还说不是。我没辙了："那不然是什么呢？"

他嗫嚅半天："就是那个，那个……那个生命之根。"我刚问出"什么是生命之根？"立马明白过来，是男人的阳物。要不是早年我在医院待过，要不是和一助产士同宿舍过，要不是那助产士论起人类的生殖器，就像说萝卜白菜那样稀松平常，那么，那一刻我早钻地缝去了。

3

石肆里大多是卖大型石的。我问一大型石店主,何不卖小石头?他说:"等我老了搬不动了再来弄小石头吧。"语气里优越感十足,是的,他还那么年轻。据说他爱石爱到辞掉了一份令人羡慕的工作,专职摆弄起石头。有时见他一动不动地眯缝着眼端详一块石头,就好像他本身也是一块石头,一块心事重重的石头。在他眼里,大石头才大气。于是我想起雁荡山,那些石头大到要用"座"来形容,每一座石头都能独立成峰,白日里光秃秃的顽石一到晚上便有了灵禀异气,情侣峰、雄鹰峰、双乳峰、犀牛望月,等等,一步一景,远近高低仰俯横睨各不同。特别是那对相依的情侣,男的孔武有力,女的一头长发云舒漫卷,那长发竟是夜云附着在石头上的,让人感觉石头后面一定藏了修炼得道的山妖。那里的每座石山都比这年轻店主最大的石头大得多,可见人的大气还是无法与大自然相比的,故此,大自然的奇妙与丰富才这样吸引人。石头就是大自然的艺术品,石头无论大小贵贱,每一块都是绝版的,正如世上没有同样的两片叶子。贾平凹就喊出石头是上帝的。看多了石头,就不那么喜爱人工雕琢的东西了。看多了石头便知道石头是大手笔、大写意,也许是象形石的一个人物侧面、一个轮廓,也许是画面石的一条线条、一个色块,都是那样的浑然天成,寥寥数笔神型兼具。难怪大画家越到成熟下笔越简，知道功夫在留白，意味在画外。

并不是所有的店主人都爱石，有一间店里常常就一老太，她是替儿子守店的，因为儿子还有个工厂要打理。她为人热情，我买菜经过时若与她照面便与我打招呼，我们便会寒暄几句，她总抱怨跟一屋子石头为伍，很寂寞。确实，我常见她在里面打瞌睡，不睡的时候也是哈欠连天，像受了石头沉沉之眠的蛊惑。相比，她隔壁那间店就热闹多了，店主小两口，外加一小儿。那店名"与石居"也颇吸引我的注意。想必是从孟子的："舜之居深山之中，与木石居，与鹿豕游……"而来的，再次感叹，玩石头的确是很文化的一件事。

还有一间店像是做广告的，石头只是兼卖，且清一色的画面石，黑底白花纹，显得很精致。一画面石图案是一只蝶停在花枝上的，写意、神似，像一幅用笔极简的水墨画。再看，发现边上还放了一个古董瓷盘，瓷盘上的图案也是一只蝶停在花枝上，几乎一个模子印出来的，绝了。那一刻，我也受了石头的蛊，我知道我的一只脚已踩进了狐狸的院子……

另一图案石是一身穿棕衣头戴斗笠的垂钓老翁，"孤舟蓑笠翁，独钓寒江雪"的意境。可是店员说是"姜太公钓鱼"。店主也如同姜太公，以收藏为主，不着急卖，于是价钱狠着，愿者上钩。

一间大形石店，贵，也美，那些辨石的常识，比如"瘦透漏皱、质形色纹韵"都能在这里体现。老板人寡言厚道，那些在他门前路边卖水果的小贩们常到他店里的洗手间方便去。我有时也去他店里坐坐，店里有几块零星的小石，只要我看上的，他都便宜让给我。其店中有3块没有起名的石头。第一块是扁圆的赭红色石头，石质粗粝，但中央却像浮雕般凸起一块椭圆形的玉白色石，石质光洁，一块石头有两种不同的颜色、不同的质地，已是奇了，再细看那玉白色的椭圆形，其态宛如一跪姿的古代仕女，那赭红色的粗粝，一如她周遭的红尘浊世，她正跪着为这红尘浊世祈祷。这是怎样的一块石头？要是贾宝玉见了，会不会把他那块通灵宝玉摔个粉碎？我以"祭天"名之。第二块为画面石，画面上像被风吹拂着的一片片云，一派风潇云飞，有帝王霸气。想起刘邦的"大风起兮云飞扬……"遂以"大风歌"名之。第三块立体感和玉质感都强，酷似一个古代官人，戴着高高的官帽、袖袍曳地，摊开双手仰面向天。店主本来命名为"问天"，说是李白问天。我改成"天问"。《天问》是屈原的代表作《楚辞》里的一篇。我还为他建了个石头网站，网站名曰"大美不言"。日子一天天过去，说好的人无数，问津的却无，一块也没有卖出去，这让我很没面子。此后，我不敢从他店门过，若不绕道便要低了头。

另一间店的大门前夸张地摆一绿色大石，算是招牌石。店主是个年轻女人，居高临下地睥睨着，也许石头看多了就有穿透力，知道我买不起她店里的石头。我问石上的图案是什么，她轻蔑地说："看来你对石头没研究呀！那不是一匹马吗？"经她点拨，果真，一匹腾跃的、飞踏着流云的烈马，要飞到一个我看不见的地方去。这图案其实是石头上的阴翳部分构成的，人的阴翳我也看见了。我心里也有了阴翳，暗暗地想，你以为你是谁？你玩个石头，全国人民就都得跟着你研究石头不成？她又晃着手机里的图片炫耀地说："给你看看我刚卖出去的一块石头！"这一次我瞪大眼睛，终于看清楚了，一只老虎，神韵犹似，连那脖子上的皱纹都很逼真。我问卖了多少钱？她的音调又提高了八度，带着点愤怒也带着点怜悯说："才卖他4万呐！"我的天，一块石头卖4万，还"才"呢。她说买主来了好几趟，最后找到她的朋友来说情，不好意思，就只卖他这么便宜的价了。我终于知道了，为何石头的生意清淡，却能维持下去。我也亲见过一次买卖成交的，一个踌躇满志的人走进店里。我心想，这样的人才是玩石头的。正好店主手上晃着个"猴头石"，他眼睛一亮，连说"像！像！"同时也对着我眼睛一亮，说："女人玩石头的不多呀！"我说我只是看看，像你这样的才有资格玩。他高兴地说现代人都浮躁，他能静下心来玩石很不容易。他说他反正不抽烟。他问"猴头"多少钱？店主说"50"。他愣了一霎，他的眼睛暴露了他的心思，明显是没料到那么便宜，他一边爽快地掏钱，一边说："就算我今天抽了一包烟。"我对烟没有什么概念，不知道一包50元钱的烟在什么档次。他说他是来出差的，他家住长江边，他在江边捡了很多奇石。他打开话匣子，说他收藏了一块脚印石，像极了一个孩子的脚印。他说藏石等于存钱，说他为女儿买了一块十几万的石头扔在那里。一个"扔"字比"存"字气派。

有一间小型石店，小型石琳琅，每个都配了好看的底座，最

不起眼的也要上百元,我说咋这么贵?店主说这不是一般的石头,是奇石!要花很多工夫,从很多的石头里拣选出来。听他这样说就觉得贵得有道理,这样掏钱时就不那么心疼了吧?我果然一咬牙在他这里买下两块,一块象形石,像两个拥抱着的人,颜色很绿,我喜欢绿色的,一看就典型的九龙璧。另一块是画面石,一个武士的侧影,他的身体里有一个美女的轮廓,那些淡淡的线条若有若无,妲己抑或褒姒?我相信每一个男人的身子里都有一个美丽的女人。亚当看到夏娃时说:"这是我骨中的骨,肉中的肉,可以称她为女人。"武士是为着逐鹿与厮杀的,倘若没有女人,武士怕也没了勇力。

　　我说我就住附近,是邻居,你要卖我便宜一点呦。他满口应答。一番讨价还价,成交,好心疼,心想今年要少买衣服了。说来也怪,早已不缺衣少穿,衣服满柜子泛滥着,若再添一件两件的,也不心疼。可是石头就不同,它在衣食住行之外,不属于活计民生的范畴,被打上奢侈的烙印,我只敢问津小石头,小石头有小石头的好,摆放在书架上也合宜。何况我从小就喜欢小东西。店主说昨天有人出价比我高,他不卖,今天因我是邻居才卖我的。我信以为真,欢欢喜喜抱回家。回来后想起那句老话,买的永远没有卖的精,也许压根儿就没人出过什么价。细端量后发现人的眼睛是描上去的,他店里的灯光太暗,我没看清。这算是作假吧?我忽然很生气,这简直是破坏,既然石头是天然的,为何画蛇添足?也许这店主觉得上帝很蠢,上帝的大笔不够力,需要他来帮忙添上几笔。他一定不知道印象派的画，不知道写意画。那天在网上看到一块名曰"列宁"的奇石，只有头发和脸的轮廓，没有五官，可是够了，那神韵足矣。我以为卖石头的人要懂点艺术才好。

4

我忽然发现我家花盆里的石头也很美，我从中拣出黑白两色石，置于一方形玻璃缸，放入清水，黑的墨黑，白的粉肥雪重。置于我的玻璃电脑桌上，很般配。

我还发现家里鱼缸的石头也算奇石了，那上面有一个"石"字，字迹清晰且石质极好，我像捡到了宝。它在我家的鱼缸里默默地待了10年，养在深闺人不知。原来我也是"与石居"之人。我端详着石字石，就想，再遇到一块有"奇"字的石头，就可以珠联璧合了。"石"字可配合的字很广，除了"奇"还可以是雅、美、顽、玩，组成雅石、美石、顽石、玩石，也可以和"头、斋、轩、坊、痴、迷"字等，组成石头、石斋、石轩、石坊、石痴、石迷等。而我也迷了痴了。网上奇石更多，我自己也建了个石头博客："获博为斋，藏小石数枚以供怡玩。栖趣避喧嚣于此间，不亦乐乎。"可我已经好几个月写不出字了，这怎么能不亦乐乎呢？玩石，我不知道是它玩我，还是我玩它。石头沉默着跟我较劲，我不是可以驾驭石头的人。也许有人会说，作家玩石头的多了去。是的，同样

是玩，有人可以玩成艺术家，有人可以玩成收藏家，也有人玩物丧志，石头虽好，但我等无才无能之辈只有羡慕的份儿。

那就看书吧，翻开李娟的《河边空旷的土地》，我看到这样的一段话："雪化完了，河岸上的卵石滩全露了出来。我走在上面，低着头慢慢地找，有时会发现有着非常美丽花纹的，或是奇形怪状的卵石。我把它们放在水里洗得干干净净，再并排凉在草地上，然后继续往前走着玩。等时间差不多了，就往回走，路过这些晾干了的卵石，用裙子兜着，满足地回家去了。"我缓过神来，哦，石头无处不在，我抛开书，逃也似的。

不平凡的水果

　　一个地域一种水果，因为某个人，其宽度与广度就不一样了。

题记

柚子

　　那幅画就贴在通往车间甬道的墙壁上，每一个走进车间的人都能看见。整体看起来像是印象派的画，占据画面2/3的是天空的蓝，蓝得很夸张，有点像梵高《星月夜》里的天空，这样深而凝重的蓝也许是为了渲染"天"的重要，一种敬畏感油然而生。这是一家柚子加工厂。是的，做食品行业的人若没了敬畏感是可怕的。画面的下半部是绿草地，绿草地上有一架跷跷板，跷跷板一头是庞大的犀牛，另一头是一颗蜜柚，一颗蜜柚比一头犀牛更重，犀牛被高高地翘到蓝天上。画上写着："琯溪蜜柚，重在品质。"何况琯溪蜜柚也是值得重视的。

"琯溪"为地名,即今天的漳州平和县小溪镇。琯溪蜜柚就是漳州平和琯溪这个地方种植的柚子。中药材里面有"道地药材"一说,就是最好的出产地,每个地方都有上天独赐的福分,都有最好的出产。按此说法,平和琯溪蜜柚就是道地柚子。琯溪蜜柚早在清朝乾隆时期就是贡品,贡品,那可是皇帝吃的,金口玉食能不出名吗?当地至今保留着当年御赐作为贡品标记及禁令的"西圃信记"的印章和青龙旗。据说古时柚字被称为"抛",平和抛,就是平和柚子。明朝嘉靖年间《西圃公墓志铭》就有记载:"……公事农桑,平生喜园艺,犹喜种抛,枝软垂地,果大如斗,甜蜜可口,闻名遐迩。"西圃公李氏一世祖居士公的第18代孙,是当地望族。因这篇文章也被尊为平和琯溪蜜柚之父。清人施鸿葆的人,浙江人,进士落第出仕无路,于道光二十五年(公元1845年)到福建来投亲靠友谋生。在闽地当幕僚14年,写下《闽杂记》,其中专为平和琯溪蜜柚辟出一目"平和抛"他写道:"闽果著称荔支外,惟福橘、蜜罗柑。窃以为福橘之次,当推平和抛……"

在古中国,平和亦是荒蛮之地,而柚子这种水果却成了一种媒介,与朝廷有了联系,与皇帝有了联系。柚子,如今已经没有那样特殊的使命,昔日皇家贡品,如今已是寻常百姓家普通水果。4月天,我来到这个叫平和的地方,漫山柚树正值盛花期,一条水泥铺就的路凌驾山与山之上,驱车而上,尽享一场视觉与嗅觉的盛宴,阳光现出它的质地,不再是早春那般硬,柔柔地为绿叶中半藏半露的粉白花儿镀上一层光晕,斑斓的光点碎银般地跳跃在叶片上。在这里，嗅觉从极度亢奋到极度麻木，柚子花香是如此汹涌、空旷，全被这香淹没。这香似七里香，又似茉莉花香、罗汉果花香，是那种能搅动人的食欲的香，在肺脏胃腑里冲撞，搅缠出从未有过的饿与馋，不能填饱的饿和不能解的馋，内心深处有隐隐的欲望。过了一段时间，我再来看，已经挂果了。那幼小翠绿的花萼有神奇的力量，抓托如此大的果实一直到成熟。那么小的花结出那么大的果，柚树可谓植物界的杂技演员了。那些实沉的果如金黄的满月，这芸香科植物特有的辛烈香气和清冽的酸甜，最能驱使人的意念，让人还未吃进嘴里就已满嘴生津。当地人的中秋节不仅吃月饼，也喜欢吃柚子。

解放战争时，我父亲跟随部队一路南下作战，打漳州时父亲忽然打起摆子了，病得很重。父亲拒绝人照顾他，只一个人躺在床上。父亲说前线少一个人多一个人不一样。父亲一个人躺在床上吃柚子，父亲说他就是吃了柚子才好起来的。我没有特意为柚子做宣传，我其实不太信，心想还有这样的事呀。但父亲真是这么说的。不管信不信，我都应该说一句"亲爱的柚子！"

香蕉

从市区到天宝约10公里的路程，钢筋水泥一路式微，现代工业景象在缩小，直至被农业的生态的景象所替代，天宝镇五里沙村就到了。这里南临九龙江，北靠天宝大山，大山将北下寒流阻截于外，江水自在舒缓地流淌着，迂回成一个弧形，一个怀抱的姿势，天宝镇五里沙村像被母亲河伸出的两个手臂温暖地拥抱着，江水体贴细微地滋润着这片土地，肥沃的江水冲积夯实了这块宝地，又日照充足，于是稻香三季，花开四节，水果更是丰盛得很，尤其香蕉在这里得天独厚。天宝本是闽南极普通的乡镇，若不是上天特别垂青，何以这般锦绣。地灵之处必有人杰，果然，这里有著名天文学家戴天赛、桥梁专家戴尔，而林语堂更是让天宝成为一个文化符号。从林语堂纪念馆出来，在长长的防腐木铺就的栈道上一迈一迈地走，周围全是绿色的香蕉树，酥润的小雨洒下来，青白的雾气升起来，香蕉树绿得更隆重了，眼睛已经不够用了。因为绿色的蕉园，这里便是秋风秋雨喜煞人了。我从未见过如此规模的香蕉园，好像全世界的香蕉树都集聚到这里了。阔大的叶片层层叠叠地往远处铺展，有"蕉海"之称，可见其浩壮之势。因了林语堂，蕉海更多了文化的气场。香蕉树在闽南也是极普通的，普通到让我忽略了它的美，扇形若冠的长叶子有些憨，憨得只知道一味地结果子，让人以为很功利的一种植物，不像桃树李树，除了结果子，开花时节还要闪亮登场，摇身成为观景树。现在我知道香蕉树也能这般养眼，这般壮美。因了林语堂，这里的香蕉树更多了些内容。一个地域一种水果，因为某个人，其宽度与广度就不一样了。因为林语堂，天宝香蕉就多了文化底蕴，就像茅盾之于乌镇，鲁迅之于绍兴，莫言之于山东高密乡。说起"红高粱"你必然联想到莫言，可见红高粱已不仅仅是一种植物，一种杂粮了，它也成了一种精神的文化物件，那么，天宝香蕉自然也不仅仅是一种水果了，我想说："红了高粱绿了香蕉。"

芒果

芒果，在众水果中实在不一般。芒果有过独特的历史，曾被作为圣果供奉。五六十年代出生的人应该都记得。毛主席曾把外国朋友赠送的珍贵礼物转送给首都工农毛泽东思想宣传队。当人或物品被神圣化的时候，就获得了一种宗教特性。一时间，这本来极普通的南国水果，被赋予"热烈欢呼"、"纵情歌唱"、"热泪盈眶"这些极煽情的词汇于各大报纸。人群沸腾，大街小巷敲锣打鼓，载歌载舞，人们捧着复制的芒果四处游行。我就见过蜡制的这种圣果，据说是按照原物仿制而成的。

我所居住的这个闽南小城很多街道两旁都种满了芒果树，当芒果成熟的季节，树上挂满了黄澄澄的果，煞是好看。芒果们在风中嬉笑着，高高在上，睥睨着滚滚红尘里的人与车，好像在说，当年我可风光了，比你们都出名。芒果是有专人管理的，路边常有人摆了摊现摘现卖，这当地的芒果虽然个子不大，外表不好看，但很好吃，比那些台湾的、国外的更受人青睐。要是有人在路边旁若无人地剥了吃，就会飘过一阵沁人肺的异香，引诱着你不得不停下车，买上几个带回家。我常常是抵不过那果香，遇到了就

要买的。还曾经发生过悲剧,就在我家附近的胜利路段,一天晚上,一个芒果从树上掉下来,滚到了路中间,一个小男孩跑去要捡这芒果,忽然被一辆驶来的汽车轧死了。让听见的人心悲戚。

我那时在一家企业上班,每临春节,常要上夜班,要上到下两点左右。我胆大,下两点我也敢一个人骑着自行车回家。有一次,我骑车走在路上,道路两旁的芒果树,密匝的枝叶总是把本就昏暗稀疏的路灯给遮掩了。我的眼睛一点也看不清楚前面的路,我总是看到不远处的芒果树底下有个黑影,矮小人儿的黑影,待我走近,那矮小人儿又在前面的树下了,反正他总在我前面的芒果树下。第二天,我把这事说给厂里的工友们听。他们的表情很诡异。有一个工友压低声音跟我说,说我看到的那个小矮人是鬼,说芒果树下常有鬼出没的。后来我才知道,当地人都这么说的。我很惊诧,要是当初,谁敢说这么神圣的果子树下有鬼,那谁就会被当作鬼吧?那时叫"牛鬼蛇神"。

橘子

没有哪种植物能像橘子树与文学那么靠近,"后皇嘉树,橘徕服兮。受命不迁,生南国兮。"(出自屈原的《后皇嘉树》)"橘生淮南则为橘,生于淮北则为枳。"(出自《晏子春秋·内篇杂下》)这似乎让橘子树有了君子般的高尚品格。无独有偶,歌德在论到莎士比亚的文学创作时,用它的果实做这样的比喻:"莎士比亚给我们的是银盘装着金橘。"橘子，曾经成了我姥姥声讨我爷爷对我不够爱的证据。我的姥姥不知道屈原的《后皇嘉树》，只知道橘子好吃。我的爷爷，按现在的话说，爷爷很前卫的，爷爷60岁上又续了弦。据说，那天爷爷和我的后奶奶在家里享用两枚橘子。橘子，这在今天是稀松见惯的水果。即使在不生长柑橘的北方也很容易吃到。可是在物流不发达的60年代的北中国乡村，那是只应天上有的仙果呀。多少人只闻其名，未见其面。据说爷爷正掰开橘子，一瓣一瓣地塞进我的后奶奶的嘴里。我蹲在门槛上，眼馋地看着这一幕。这情景让世上最疼我的人——姥姥流下泪来。她拉起我就赶到村供销社，可是人家供销社的人不卖给我的姥姥，她们说必须是军属才供应两枚。

我8岁那年，不肯离开姥姥跟随父母到南方去，临走时父亲急中生智，他说福建有很多橘子。我说有很多吗？父亲说是。我就对姥姥说，等我去福建拿到很多橘子就回来。后来我住在出产柑橘的这个地方，一住40多年不曾离去，我这凡俗之辈是否活出了点"受命不迁"的意味？

这一边,另一边

漳华路是这个小城新开辟的一条大道,亮亮堂堂的,能跑4车道的车,在我的眼里它还是一条分界线,分出了路两边不同的两大景象,若干年前的工业和农业。当我站在漳华路上望望这边,又望望那边,"三十年河东,三十年河西"的感慨油然而生。

眼下这座糖厂,是80年代崛起的一家几千人的大型国有企业,是省内十大企业之一。距今,还真是过去了30年,不禁深叹流光可怖。糖厂在漳华路的这一边。漳华路的这一边除了糖厂,还有工人新村、爱民小区,它们一同造就了曾与工业有关的景象。工人新村住的自然是工人身份的人。糖厂也不必说,大多数人的身份也是工人。爱民小区同样与工人有关,因为爱民小区是政府建的经适房,为了照顾这个小城的低收入者,工人阶级亦是占了很大的比例。"工人"曾经有着怎样荣耀的身份,五六十年代出生的人并不陌生,那是"工人阶级领导一切"的时代。陆文夫曾在小说《井》里说过工人这个成分比万贯家财还可贵,若干年间简直成了一种爵位,入党、做官都可以优先。而这个糖厂里的职工曾是工人阶级里的贵族。

糖厂，总是让我想起80年代的那个电影名《甜蜜的事业》，"甜蜜"一词用来表达味觉，一切美好的事物人们都喜欢用"甜蜜"来形容，幸福的生活不能没有"糖"。糖厂因为人多，条件也好，各种设施就都配备起来了，于是糖厂就包括厂区、职工住宅区，有职工学校、职工医院、宾馆、电影院、公园、卡拉OK、健身房、球场……这里曾是这个小城的荣耀，尽管离市区有点路，但已经形成一个自给自足的小社会，这里的子弟可以在家门口从幼儿园读到高中。这里的职工领着这个小城最高的工资，当年这个小城商场里最高等级的电器——大彩电，大多被糖厂的职工买了去，糖厂的宾馆迎来送往也是十分的热闹。电影院每周要播放三四场的电影，那个时候电影是主要娱乐。总而言之，糖厂的职工享受着因"甜蜜的事业"所带来的"甜蜜的生活"。

当年，能在糖厂工作是相当自豪的，走路时头壳都是仰得高高的。我的那个曾经家庭条件最好、家庭关系最硬的女同学X就是通过许多关系进了这家企业，羡慕得我们眼睛发红。30年过去了，糖厂早已衰败，当年那一栋栋簇新簇新的厂房和职工住宅大楼、社区娱乐建筑都已陈旧，成了历史的见证。天气灰霾时，这些建筑物便与长天一色了，就像那一代人抹不去的记忆。

糖厂的公园不止一处，公园是糖厂的一大景色。最大的一处公园建在一个长长的高坡上，当年这里假山、小桥、潭水等美景无限，假山上还养着猴子，省运会的游泳比赛也选在这里的游泳池，本厂职工只要凭工会证就可以免费游泳。还举办各种花展，好不热闹，游人络绎不绝，连市区小学生的春游也选在这里。现如今，它就是一处被废弃的园子，远离繁华，那些衰颓的亭台楼榭记载着这个地方七八十年代的辉煌，单看那个有些规模的厕所就可知一斑了。那些曲径的回廊、那些错落的亭台雕栏等建筑虽然已经破败斑驳，像是布满了老年斑，但气势还在。这个园子的阔大超乎我的预料，那一大片一大片硕大的桂圆树一如既往地生长着，已经长得遮天蔽日，还有几棵小叶桉，也是粗大的，可以说我从未见过这样粗的小叶桉树。这一切都预示着这个地方有一定的历史。这个糖厂的公园总让我想起史铁生的地坛，虽然这里没有地坛的王气与厚重的历史，它只是记载了80年代一个国营大企业的兴衰缩影，但它同时也是一个时代的印证。

　　这里是安静的，在这里走，很容易就伤感起来，这里的颓废、空旷、寂寥都是可以入心。颓的旧的物都含了寂静，兴旺的新的东西才是热闹的。我想，就叫它"废园"吧，我喜欢这个地方，我和先生选了个地方坐下，不远处有一些老人在那里唱歌，还有带着录音机伴奏的，想必他们就是当年那些自豪的糖厂人。先生说，瘦死的骆驼比马大，这里一旦开发，绝对是块好地，单单这些树就很值钱。先生说，将来带着小孙子来这里走走很不错，他想得好远呀，儿子还没有结婚就想到了孙子。不过也算是不远的事了，刹那间我想到我是这么老了，就像这个废园。但我们结婚的情景还历历在目，好像不久以前的事情，这日子也真是快得荒唐，不得不说那句已经成了时髦的话："时间都到哪里去了？"时间都到一个叫作记忆的黑匣子里去了。这些年，房地产一路摧古拉朽，新楼盘连连兴起。倘若新楼盘是这个城市的彩照，那么这些废旧的萧瑟的旧工业景象就是黑白照了，而鲜亮的大彩照就在路的另一边。

路的另一边是新楼盘，几个连在一起的楼盘，有宫廷园林风格的建筑楼盘，有欧式风情的建筑楼盘。这些楼盘构筑的生活小区就是商品房，小区里都有绿化，有泳池，有电梯。有的还在建筑，机声隆隆，是城建日新月异的脚步声。与路对面的旧厂区旧楼房形成鲜明的对照。漳华路也像一把刀，切开了路两边不同的景色，兴旺与衰败的景色，一边是与日俱增的衰败，一边是新楼盘，新的、热闹的、兴旺的、变化的、富丽堂皇的。新楼盘有的还在盖，一段时间就冒出一栋或几栋新楼，好像地里长出来的。这里曾经生长稻子、麦子、地瓜、芋头、萝卜、茄子、西红柿、菠菜、包心菜，等等，还有农人的房子，这里一间，那里一座，也像是从地里长出来的，杂乱无序。这里曾经是城郊，是一片与农业有关的景象，曾经是路那边糖厂和工人新村、爱民小区的衬托，那时农民们把艳羡的目光投向另一边。到了糖厂榨糖季节，厂里人手不够，这一边就有人托了关系去另一边的糖厂做短工。工作时手不停嘴也不停，他们谈天谈地谈女人，也谈他们的渴望，渴望成为这里的固定工。糖厂的固定工就会打趣地说"工"字不出头，预示着当工人的出不了头。可临时工们却能

听出话里的优越感,他们就说,我们不需要出头,能成为正式工就成,再说了"工"字若出了头不就成了"土"字?与土地打交道的那是我们农民。听的人就哈哈地大笑起来。没想到30年过去了,土地成了最值钱的东西了。这些土地就都开发成一座座新楼盘了,吸引着路那边糖厂、工人新村、爱民小区的居住者,有一部分经济条件好的就把那边的房子出租,再在路这边买一套新房居住。

  这些新楼盘同时也吸引了我的眼球,我本来只是因为膝关节不好要换有电梯房的,可是我对周边的环境很在意,我在意住房周围的景色。某一天我忽然来到这里,青藤环绕的铁栅栏,大玻璃窗透着紫罗兰色窗幔,白粉雕塑的喷水海豚……我就当机立断便宜地卖掉原来的房子,来买这高价的新房。我原来只是想有电梯就行,可是我想,假如糖厂那一边的旧房子安装了电梯,我是否可以住在那里?答案是否定的,我被这里的新,被这里的新楼盘所诱惑,人的眼睛是挑剔的。有一首印尼民歌:"河里的青蛙是从哪里来/是从那水田向河里游来/甜蜜的爱情从哪里来/是从那眼睛里到心怀……"看来不仅是甜蜜的爱情从眼睛到心里,欲望也是从眼睛到心里的。假如我看到的一直就是那些旧的房子,我的心就不会不安了。我买的是期房,我们来的时候,这里正在安装电缆电线,绿化了的地方又被挖起来,这些很粗的电线管子将来里面都要被电充满,电是无形的看不见的,却需要有形的物质载体。就好像我们的灵魂需要肉身的承载。

小区开始植树，那些绿，立春过后便日渐丰姿。还有那些看起来已经死掉了的树，好几个月枯干在那里，完全没有希望了的，呈现着死亡的颜色，忽然在春天里的某一天冒出一个小小的绿芽，接下来是星星之火可以燎原，让你觉得是一夜之间有了那么多新绿。之前我从未注意生长之力的顽强与浩大，它们揭示了生命的奥秘，也揭示了从无到有的新奇和一切你无法预料的世事变幻。

我颇费周折地卖房买房，然后租房等待期房交房，再装修，真是费劲了九牛二虎之力，也花光了我们所有的积蓄，才有了这样一个安身立命的新居，而小区里的拆迁安置房和我们的商品房一样的好，当地的农民就是安置房的主人，每人手里都握有好几套像我们这样的房子，他们住不完就出租，每个月靠租金就能过很好的生活，很是让我羡慕。路那边的糖厂、工人新村、爱民小区的买房者大多和我一样，需要卖掉原来住的旧房才能换一套这里的新房，一套大的旧房换一套小的新房，还必须银行贷款若干年。我认识的一个住在这里的农民，那天她认出了我，追着告诉我说他们家在这里有多少多少房，话里透着不尽的优越与炫耀。

小区里一楼的住房很多被用来做了店面，有很多家开了美发店，有一家美发店，焗油、染发、做负离子、爆炸式样样精通，美发师二三十岁，精瘦，时尚，一看就是做美发的，做这行的因为时间受限，常常不能按时吃饭，所以精瘦。烫发的时候他说见

过我,我果然觉得有些面熟,想了很久也没想起来。美发师说他在糖厂的公园见过我几次,哦,果然前段时间我常去那个地方。他说他前些年在上海一家美发店上班,父母身体不好,所以他就回老家了,那时还没租到满意的店面,在家休息,也常到那个公园去走走。现在租了这间店面,他捎带了说一句:"贵死了。"在他给我烫发时我发现他手上有纹身,我问他纹的时候疼吗?他很不好意思,他说疼,他说他读初中的时候跟人家去纹的,口气里都是悔恨,交友不慎呀,他说。他日后多次因这个纹身而给人不好的印象。现在他在这里开这家美发店,希望给人好的印象,他也真是很和善,后来路上见到都打招呼。我忽然想起,一个飘着毛毛雨的下午,我在公园远远看见对面走来一对父子模样的两个人,儿子搀扶着父亲,父亲脚下忽然一滑,差点摔倒,我看了着急,下意识地"哎呀"了一声,那父子俩很在意地看了我一眼,那儿子手上就有一块乌黑的刺青。现在记起来了,那个儿子就是这个美发师。交谈中我还知道了他是糖厂的子弟,爷爷就是糖厂职工,他的父亲也是糖厂职工,后来糖厂不景气,他就从厂里停薪留职出来,在附近开了一家美发店。现在老了,腿脚也不好了,就在家休息。美发师很健谈,说当年有个在糖厂做季节工的女孩很喜欢他父亲,拼命追求他父亲,他父亲也喜欢那个女孩,可是最终因为这个女孩是农村户口而放弃了。美发师眼里忽然带着狡黠,并用角梳尖尖的一头向着地面方向戳了戳说,这个女孩家就住在这里。我"哦"了一声,显然这里面有故事。美发师继续说,真是阴差阳错,他一边给我分理发界线,一边继续转换角梳的功能,用它尖尖的一头向着地面方向戳,说当初他跟中介租下这间店面,后来他父亲知道了,这间房的主人原来就是那个女孩,父亲当初的情人。当然她现在已经是老太婆了。美发师说他父亲很感慨,说他阅人间脑壳无数,却是看不清这个世界的面目。他说这个女人现在在这个小区有七八套房子,一个月的租金就很可观。是的,我们说鼠目寸光,可是我们人类又比老鼠强到哪里去?我们甚至不知道明天将发生什么事。

从那些安置房里走出来的女人都很漂亮,有租户,也有自家的,反正你看不见有农家姑娘或是农家大婶大妈模样的人,村里的小芳如今已经是城市的美少女美少妇了。她们衣着光鲜,不再是和土地打交道的农民了。有时想想这些变化很让人励志的,直叫人不要被眼前的困境吓倒,直叫人从容地面对当下。谁也不知道10年20年30年以后的事情。但我所知道的是,铁栅会生锈,玻璃会破碎,白粉会脱落,今日所有的繁华都是明日的颓废。

如果说,这一边与另一边还有妥协的地方,那就是糖厂的菜市场和菜市场门口延伸出去的农贸市场一条街。无论住得怎样豪宅,一日三餐还是要落实到五谷菜蔬上面的,总不能吃金子银子的。于是,居住在这一边的人和居住在另一边的人就在菜市场、农贸市场汇合了,这里是中间地带,是凡俗琐碎生活的盛器。这是我在这个城市生活30年遇见的第8个菜市场,也是最大的一个菜市场，其实是菜市场与农贸市场的聚合体。菜场的三面有3个出口，一个在糖厂大门侧面，一个在路边，一个在后门。每天早晨它的整条路都成了市场，也是这个城市最早醒来的一条街道，像是一种从死里的复活，大门紧闭的店门前齐刷刷地摆上了农人和他们的菜蔬，生机盎然。荔枝下来了，红艳艳地摆满一条街道，桂圆下来了，黄澄澄地摆满一条街道，南方的盛夏暑热难耐，可是因为有了荔枝有了桂圆，暑热也就能够忍耐了，还有芒果、菠萝、黄陂、香蕉、西瓜等当地时令水果，这些美好生活的元素在这里聚合。市场讲的是一个"旺"字和一个"闹"字。

油条铺子、豆浆发糕坊、米煎粿，以及粮油店、肉铺、药房、新华都、豪客来，等等，都是旺市里的火，都在燃烧，吱吱地响。还有卖麦芽糖的卖羊奶的农妇，水产水果蔬菜小贩，烤面包的、炸油条的、配钥匙的、补鞋的，缝纫机摊，等等，生活所需一应俱全，炸油条的炸得酥脆，看了就顾不得什么不能吃油炸物的健康警言。俗世里热气腾腾的好生活正向你招手，口袋里的钱也刷刷地甩出来，其实也不多，这里总还是价廉物美的，这里的人数与经济能力也就决定了这里的菜场必须丰富必须价廉。即使物价涨了，钱变小了，可是到了这里感觉钱又大起来了。路的这边紧挨着这个菜市场，这些数量庞大的旧房子让小贩们抬价的心志受挫。

农贸市场8点钟过后便会冷下来。8点钟一过，小街像被掏空了似的。8点成了这条街一分为二的默契，打破这默契的是城管，有时遇到会议或城市卫生大检查什么的,城管就会出来限制农贸市场的地盘,街道就会冷清许多。8点以后,农贸市场散了,菜市场买卖才会好起来。那些贪睡不能起早的人就等着买这样的。

8点之后,这里渐渐安静下来,日复一日。似乎就是一遍遍预演着从繁荣的热闹到衰落冷清的变化,像是苦口婆心的警醒。

图书在版编目（CIP）数据

逆时花开：于燕青散文自选精华 / 于燕青著．—北京：中国华侨出版社，2016.12
　ISBN 978-7-5113-6599-6

Ⅰ．①逆… Ⅱ．①于… Ⅲ．①散文集 – 中国 – 当代 Ⅳ．① I267

中国版本图书馆 CIP 数据核字（2016）第 290045 号

逆时花开：于燕青散文自选精华

著　　　者 /	于燕青
责任编辑 /	文　喆
责任校对 /	王京燕
经　　　销 /	新华书店
开　　　本 /	670 毫米 × 960 毫米　1/16　印张 /17　字数 /240 千字
印　　　刷 /	北京建泰印刷有限公司
版　　　次 /	2017 年 3 月第 1 版　2017 年 3 月第 1 次印刷
书　　　号 /	ISBN 978-7-5113-6599-6
定　　　价 /	32.00 元

中国华侨出版社　北京市朝阳区静安里 26 号通成达大厦 3 层　邮编：100028
法律顾问：陈鹰律师事务所
编辑部：（010）64443056　　64443979
发行部：（010）64443051　　传真：（010）64439708
网　　址：www.oveaschin.com
E-mail：oveaschin@sina.com